여

자 를

모

욕

하

는

잠

들

걸

여자를 모욕하는 걸작들

한승혜
박정훈

김용언
심진경

이라영
조이한

정희진
장은수

문예출판사

일러두기

    각 장에서 비평 대상으로 삼아 주로 인용하는 책은 장 표지에 출처를 표기하고 본문에서는 괄호 안에 인용된 쪽수만 넣었다. 완전한 문장이 아닌 일부 구절을 인용할 때는 별도의 쪽수 표시 없이 작은따옴표로 표기했다.

'걸작'은 누구를 모욕하는가

이라영

왜 '다시 읽기' 인가

"여성을 모욕하는 걸작들 사이에서 형성된 미적 감수성에 길들여지지 않으려면 의식적으로 여성의 문장을 찾아 나설 수밖에 없다."

2020년 출간된 《여자를 위해 대신 생각해줄 필요는 없다》의 한 문장이다. 이 문장에 영감을 얻은 편집자가 《여자를 모욕하는 걸작들》을 써보자고 제안했고, 흔쾌히 수락했다. 다만 나 혼자 쓰는 것이 아니라 여러 필자와 함께 쓰기로 했다. 더욱 다채로운 관점을 만날 수 있기 때문이다.

문학을 지배하는 시선은 누구의 시선인가. 고전 혹은 걸작이라 불리는 작품들 사이에서 어떤 존재는 반복적으로 모욕을 경험한다. 제도화institutionalization, 정전화canonization, 보편화universalization

된 이 문학 작품 속에서 여성은 어떻게 정의되는가.《여자를 모욕하는 길작들》은 고진의 반열에 올라 현재까지 꾸준히 읽히고 언급되는 작품을 여덟 명의 저자가 각자의 방식으로 다시 읽고 분석한 글을 모은 책이다. '어떻게 읽을 것인가'는 '어떻게 질문할 것인가'이다. 다시 말해, '세계를 어떻게 바라볼 것인가'이다. 다양한 시선이 경합하지 않고 하나의 시선이 지배할 때 우리의 인식은 축소되어 편협함을 벗어나기 어렵다.

이 책에서 다시 읽기를 시도하는 작품은 〈말괄량이 길들이기〉,《달과 6펜스》,《안녕 내 사랑》,《위대한 개츠비》,《나자》,《그리스인 조르바》, 〈날개〉, 〈메데이아〉 여덟 편이다. 작품 선정에 특정한 기준은 없었다. 필자들이 자율적으로 작품을 하나씩 선정해 각자의 방식으로 재해석했다. 그리스 비극, 추리 소설, 초현실주의 문학, 단편 소설, 희곡까지 장르가 다양하며 작가들의 국적도 다양하다. 각각의 작품은 문학을 벗어나 다른 장르에도 영향을 끼치며 예술적 생명을 연장해왔다. 이들 작품을 읽어보지 않았더라도 제목만으로 대강 내용을 아는 독자도 있을 것이고, 내용을 모르더라도 개츠비나 조르바, 필립 말로처럼 인물의 상징성이 강렬해 그 이름을 들어본 독자도 있을 것이다. 간단히 작품을 소개하면 다음과 같다.

〈말괄량이 길들이기〉는 너무나도 유명한 셰익스피어가

1590년대에 발표한 작품으로 그의 5대 희극 중 하나다. 연극과 발레 등으로 꾸준히 공연되고 영화로도 제작된 고전이다. 서머 싯 몸의 《달과 6펜스》는 1차 세계대전 직후인 1919년에 출간되 었는데 출간 당시부터 큰 인기를 끌었다. 지금까지도 예술학도 들에게 많이 읽히는 천재 예술가의 이야기다. 《안녕 내 사랑》은 미국의 추리 작가인 레이먼드 챈들러의 1940년작이다. 주인공 인 사립 탐정 필립 말로는 챈들러의 추리 소설에 꾸준히 등장하 여 '필립 말로 시리즈'가 만들어졌다. 이 시리즈 대부분이 영화화 될 정도로 대중적 인기가 높았다. 《위대한 개츠비》는 재즈 시대 의 상징인 스콧 피츠제럴드의 대표작으로 1925년 발표되었다. 당시 뉴욕의 모습을 잘 묘사했다는 평가와 함께 주인공 개츠비를 상징적 인물로 남겼다. 비슷한 시기인 1928년 프랑스에서 출간 된 앙드레 브르통의 《나자》는 실제 인물인 나자와 브르통의 만남 을 '자동기술법'이라는 새로운 글쓰기 방식으로 보여주었다. 《그 리스인 조르바》는 2차 세계대전이 끝난 직후인 1946년에 발표 된 니코스 카잔차키스의 대표작이다. 오늘날까지 조르바는 '진정 한 자유인'의 전형으로 여겨진다. 〈날개〉는 이 책이 비평 대상으 로 삼은 작품 중 유일한 한국 소설이며 단편이다. 식민지 시대인 1936년에 발표된 이 작품은 이상의 대표작으로 손꼽히는 모더 니즘 소설이다. 에우리피데스의 〈메데이아〉는 그리스 신화에 원형을 둔 기원전 5세기 작품이다. 소포클레스, 아이스킬로스와 함께 그리스 3대 비극 작가로 불리는 에우리피데스의 비극 중에서 《엘렉트라》와 함께 여성이 주인공인 대표적 작품이다.

누구의 시선일까

이 고전들이 어떻게 읽히고 어떤 담론에 봉사하는지 살펴보면 무심히 여기던 '고전'에서 불편한 점을 발견할 수 있다. 이 작품들에서 여성이 규정된 방식을 보자. 여성들은 악녀, 속물, 거짓말쟁이, 정신질환자 등으로 나타난다. 여성은 남성의 정신세계를 이해하지 못하는 육체적 존재이며, 오직 사랑밖에 모르는 단순한 동물, 남성의 '위대한 일'을 방해하는 악마다. 간혹 좋은 평가를 받는 여성 인물이 있다면 돌봄과 재생산 노동을 헌신적으로 수행하면서도 침묵하는 경우다.

각각의 작품들이 여자를 모욕하는 방식은 다양하다. 《달과 6펜스》와 《그리스인 조르바》처럼 노골적으로 여성을 비하하기도 하고, 《위대한 개츠비》의 데이지와 《나자》의 나자처럼 얼핏 숭배하는 듯하면서도 결과적으로는 이상한 여자로 만들기도 한다. 〈말괄량이 길들이기〉와 《안녕 내 사랑》은 대립하는 성격의

8

두 여성을 내세워 여성을 '굿 걸'과 '배드 걸'로 구별한다. 〈날개〉에서 주인공의 아내는 경제적으로 가정을 책임지고 남편을 돌보지만 남편을 지배하는 인물로 그려진다. 또한 〈메데이아〉는 여성의 힘과 능력이 악행을 생산한다고 본다.

여성과 남성을 평가하는 시선이 얼마나 모순적인지 조금 더 자세히 들여다보자. 끝내 개츠비를 죽게 만든 데이지는 '쌍년'이지만, 17년간 함께 한 아내를 버리고, 다른 여성을 죽게 했으며, 또 다른 여성의 헌신에 기대 살았던 《달과 6펜스》의 스트릭랜드는 천재다. 《안녕 내 사랑》에서 벨마의 신분 세탁은 위협, 경멸받지만 개츠비의 신분 상승 욕구는 위대한 삶으로 승화된다. 여자가 상속받을 재산을 노리고 결혼하는 〈말괄량이 길들이기〉의 페트루치오나 불법을 저지르면서 돈을 버는 개츠비는 세속적이라고 손가락질받지 않는다. 〈말괄량이 길들이기〉의 '말괄량이' 카타리나는 제 생각을 분명하게 말하는 것만으로도 폭력적 존재로 낙인찍혀 교정의 대상이 되지만 여성을 무자비하게 때리는 남성은 그 누구도 폭력적이라는 낙인이 찍히지 않는다. 카타리나와 메데이아처럼 여성이 공격성과 분노를 표출하면 길들여야 하는 악녀로 매도된다. 남성의 공격성과 분노가 천재성과 연결되는 것과 대조적이다. 스트릭랜드, 조르바, 〈메데이아〉의 이아손은 모두 결혼 생활에 불성실하거나 배우자를 배신했지만 벨마나 데이지처럼 배신자로 그려지지 않는다. 심지어 그들은 결혼 생활을 지키려는 여성을 경멸한다. 또한 여자의 적극적 사랑은 동물적이며 남자의 앞길을 망치지만(《달과 6펜스》), 여자를 향한 남자의 공포에 가까운 집착은 낭만적 사랑으로 포장된다(《안녕 내 사랑》, 《위대한 개츠비》). 브르통은 나자를 작품의 오브제로 활용했지만 정작 나자의 삶에 닥친 고통은 회피했다. 《달과 6펜스》와 《그리스인 조르바》, 〈날개〉는 '초월자 남성'과 '세속적 여성'의 대립을 극단적으로 구성했다.

화자가 남성이면 여성 비하/남성 미화는 더욱 뚜렷하게 나타난다. 《달과 6펜스》, 《나자》, 《그리스인 조르바》, 〈날개〉의 화자는 남성인 '나'다. 이 작품들은 소설의 화자인 '나'를 통해 지속해서 여성을 부정적으로 정의한다. 많은 작품이 '나는 누구인가'를 묻지만 여성을 타자화하지 않고는 '나'를 정의하지 못한다. 여성은 이 남성들을 빛나 보이게 하는 존재일 뿐이다.

남성 화자는 남성 주인공의 비윤리적인 행동을 낭만화하거나 이상적 남성성으로 그려낸다. 남성은 정신이고 여성은 육체라는 이분법이 이 작품들의 인식 체계를 강하게 지배한다. 특히 《달과 6펜스》와 《그리스인 조르바》에서 스트릭랜드와 조르바는 진정한 남성성과 야성을 상징한다. 이 두 인물이 식민지 여성을 대하는 방식에는 공통점이 있다. 스트릭랜드는 '자신의 조국에서

받던 그 혐오를 받지 않았을 뿐만 아니라 오히려 동정을 받았'기에 타히티에 남았다. 《그리스인 조르바》의 '나'는 '지금 세상이 아닌, 좀 더 원시적으로 창조적인 시대였다면, 조르바는 한 종족의 추장쯤은 넉넉히 했으리라' 기대한다. 여자를 '품질이 좀 떨어'지는 사람이라 정의하는 조르바는 '나'가 돌아가고자 하는 야성의 세계다. 야성을 동경하는 유럽 백인 중산층 지식인 남성의 모습에서 진보하는 세계를 거부하는 마음이 읽힌다.

단 여덟 편의 작품 속에서도 우리는 여성을 향한 각종 폭력(여성 살해, 구타, 성폭력, 불법 촬영, 스토킹, 무단 침입 등)을 발견한다. 여성을 길들이기 위해 강제로 굶게 만들거나(《말괄량이 길들이기》), 여성을 구타하는 일이 애정 표현으로 미화되거나(《달과 6펜스》), 이 구타의 심각성을 외면하거나(《나자》,《위대한 개츠비》), 심지어 극단적으로 여성 살해가 일어나도(《그리스인 조르바》) 이 잔인한 폭력은 사유의 대상이 되지 못한다. 심지어 남성 화자는 모르는 여성의 집 앞까지 따라가서는 여성이 마치 제 집으로 들어오라는 신호를 보낸다는 망상에 빠지고, 그 유혹을 물리친 자신을 대견하게 여긴다(《그리스인 조르바》,《위대한 개츠비》). 여성 신체를 몰래 촬영하는(《안녕 내 사랑》) 일 정도는 아무것도 아니다. 이러한 폭력의 등장이 문제가 아니라, 여성을 향한 폭력이 소설 속에서 아무런 고민을 낳고 있지 않다는 점이 문제다. 특히 조르바는 전쟁 중 여성들을 강간했지만 그의 세계관에서 여성은 모두 욕정에 사로잡힌 존재이므로 강간은 존재할 수 없다. 상대적으로 남성에게 지배받지 않는 여성은 메데이아와 〈날개〉의 아내다. 그러나 이들의 '강함'마저 남성을 연민하는 기재로 활용된다. 이 남성들은 자신을 아내에게 억눌린 남자로 피해자화한다. 더구나 〈날개〉의 주인공인 '나'는 아내가 하는 '노동'의 사회적 맥락을 전혀 찾지 못한다. 아내의 노동이 '나'의 생존 조건임에도 말이다. 남성 작가들은 '유곽에 대해 말할 권리'를 누렸을 뿐이다.

　문학이 생산한 여성을 향한 폭력과 유언비어의 목록은 끝없이 이어진다. 반면 남성들은 천재(스트릭랜드, 〈날개〉의 '나')이거나 자유를 꿈꾸고(조르바), 위대한 성공 신화를 썼으며(개츠비), 자식을 잃은 비극의 피해자(이아손)가 되거나, 여자를 길들이는 재치 있는 능력자(페트루치오) 혹은 악녀를 찾아 퇴치하는 정의로운 자(필립 말로), 순수한 아름다움을 찾는 예술가(브르통)로 자리매김한다.

문학적 역공에 맞서며

　〈말괄량이 길들이기〉와 〈메데이아〉를 제외한 나머지 여섯 작품은 모두 1차 세계대전 이후부터 2차 세계대전이 종료된 직후인 1946년 사이의 작품이다. 여덟 명의 필자가 자율적으로 선택한 텍스트 중 여섯 작품이 '우연히' 특정 시기에 몰려 있는 것이다. 세계사에 큰 지각변동이 일어난 이 시기의 작품은 주목할 만하다. 1910년대부터 1940년대에 이르기까지 각기 다른 나라의 문학은 묘한 공통점을 보인다. 20세기 이후 여성의 사회적 위치에는 커다란 변화가 있었다. 집 밖으로 나와 적극적으로 경제활동을 하거나 정규교육을 받은 여성들이 늘어났다. 서구 여성들은 참정권 투쟁을 벌였고 식민지 여성들은 여성운동과 더불어 제국주의에 대항하는 싸움도 전개해나갔다. 조직적인 투쟁의 경험이 쌓였다. 그러나 이 책에서 소개하는 작품이 여성을 규정하는 시각은 마치 세계사의 흐름에 맞서기라도 하는 듯 보인다. 이것은 우연이 아니라 문학적 역공이다. 문학적 역공을 주도하는 자들은 여성이 시민으로서 자리를 찾으려 하면 할수록 남성성에 위협을 느끼고, 여성에 대한 적개심을 노골적으로 드러낸다. 여성들은 언제까지 문학에서 이런 모욕을 경험해야 할까.

한승혜는 〈말괄량이 길들이기〉를 한 여성을 가스라이팅하는 관점으로 읽는다. 여성과 정신병이 관계 맺어온 역사의 연장에서 이 작품을 읽으면 〈말괄량이 길들이기〉가 얼마나 소름 끼치는 이야기인지 알 수 있다. 카타리나를 길들이려는 사회가 혹시 카타리나를 미치게 만들지는 않았을까.《달과 6펜스》의 스트릭랜드는 어떠한가. 박정훈은 광기 어린 폭력마저 예술가의 천재성으로 옹호하는 관점을 비판한다. 스트릭랜드는 창작을 위해 여성을 노골적으로 착취했다. '미투 이후'에 이 작품을 어떻게 읽을지에 관한 문제의식이 선명하게 다가온다. 김용언은《안녕 내 사랑》을 통해 탐정 소설에서 여성이 어떻게 '결백하지 못한 아름다움'의 상징이 되어 퇴치되는지 분석한다. 흥미로운 범죄물 속에 자리하는 공고한 남성 연대의 그물을 발견한 것이다. 심진경은《위대한 개츠비》을 재독하며 개츠비의 '위대함'을 질문하는 동시에 사람들이 데이지를 비롯한 여성 인물을 부적절하게 평가한 점을 비판한다. 이를 통해 당시 신여성을 바라보는 남성들의 관점이 어떠했는지 확인할 수 있다. 나는《나자》의 등장인물이 모두 실존 인물인 만큼 브르통의 시선이 아닌 절박한 상황에 놓인 노동계급 여성 나자의 삶을 살펴보고자 했다. 조이한은《그리스인 조르바》의 '나'에게 부재한 비판적 관점이 무엇인지를 보여준다. 붓다를 연구하는 '나'에게 여성은 '꿀맛이 나는 독'이며 '악령'이지만, 조르바는 '위대한 야성과 영혼을 가진 사나이'라 추앙받는다. 과연 조르바가 그런 상찬을 받을 만한 인물인지 질문해야 한다. 정희진은〈날개〉분석에서 '식민지 남성성'을 비판적으로 검토한다. 나아가 이 소설을 구태의연하게 독해하는 사회 역시 비판한다.

여성 타자화를 통해 초월적 남성성을 갈구하는 유약하고 게으른 지식인 남성을 오늘날에도 천재라 부를 수 있을까. 장은수는 〈메데이아〉를 악녀의 틀에서 해방시켜 그가 모험가이며 뛰어난 능력자였다는 점을 강조한다. 메데이아의 억울함과 분노의 맥락을 자세히 밝히기도 한다.

이것은 다시 읽기의 일부분일 뿐이다. 독자들에게 더 많은 상상을 권한다. 이 작품들은 모두 마르크스주의 비평, 퀴어 비평, 탈식민주의 비평 등으로 재해석이 가능하다. 예컨대 마르크스주의 비평의 관점을 취하면 여덟 작품의 주요 인물 중 조르바를 제외하고는 노동계급 남성이 없다는 데 주목할 수 있다. 작품 속 세계는 지식인 남성 화자가 바라보는 편협한 세계다. 《달과 6펜스》, 《안녕 내 사랑》, 《나자》, 《그리스인 조르바》, 〈날개〉가 노동계급 여성을 그리는 방식도 눈여겨볼 수 있다.

부당하게 평가받았거나 심지어 죽임을 당한 여성 인물에게 목소리를 부여해 그의 입장에서 서사를 재구성할 수도 있다. 길들여진 것으로 보이는 카타리나의 입장에서, 남편이 떠난 후 홀로 가정을 지키며 사업을 일군 스트릭랜드 부인의 입장에서, 수사에 도움을 주고 말로에게 애정을 표했으나 모욕적인 방식으로 거절당한 앤 리오단의 입장에서, 이기적이고 허영심 많은 사람이라 평가받는 데이지와 조던 베이커의 입장에서, 정신병원으로 간 나자의 입장에서, 조르바에게 '갈보'와 '요강 단지'로 조롱받은 부불리나의 입징에서, 남편을 먹여 살렸으나 억압하는 존재로만 그려진 〈날개〉의 아내 입장에서, 자식을 살해할 정도로 극심한 배신감을 느꼈던 메데이아의 입장에서 서술하면 기존과 전혀 다른 이야기가 펼쳐질 것이다.

억울하게 죽은 여성들을 위한 문학적 진혼굿이 필요하다. 《달과 6펜스》, 《안녕 내 사랑》, 《위대한 개츠비》, 《그리스인 조르바》에서 여성들은 죽음으로 응징당한다. 자살을 시도할 만큼 스트릭랜드에게 분노와 모욕감을 느낀 《달과 6펜스》의 블란치, 달리는 자동차 앞으로 뛰어들었던 《위대한 개츠비》의 머틀이 하고 싶었던 말은 무엇이었을까. 《그리스인 조르바》에서 돌 맞아 죽은 과부는 정말 마을 남자들을 유혹했을까. 설령 유혹했다 하더라도 그것이 과연 '죽을죄'였을까. 《안녕 내 사랑》의 벨마는 또 어떤가. 이들의 억울한 죽음을 조금이라도 풀어주는 비평이 이어지길 바란다. 소수자들의 다시 읽기와 다시 쓰기는 해석하는 위치를 점령한 주류 서사에 균열을 내는 저항 행위다.

비판적 읽기가 작품의 의의 자체를 부정하진 않는다. 그러나 이 작품 중에는 시대와 함께 호흡하며 비판적 시각을 가지고 계속 읽어볼 만한 흥미와 매력을 지닌 작품도 있지만, 냉정한 재평가를 통해 '고전', '걸작'의 자리에서 빼버려도 아무 문제가 없는 작품도 있다. 예술적 남성 동맹이 추구해온 자유·아름다움의 개념과 방향성을 의심하지 않으면 전위는 불가능하다. 모두가 자유를 갈구하지만 여성을 착취하는 현실은 외면한다. 권력을 분석하지 않고 자유를 말하는 것, 타자를 주체로서 존중하지 않고 아름다움을 말하는 것은 예술적 사기다. 자유와 아름다움이 타자를 모욕하며 형성되어야 한다면 그것이야말로 구속이며 추함이다.

차례

서문   '걸작'은 누구를 모욕하는가   5

말괄량이는 정말로 길들었을까?   21
    셰익스피어, 〈말괄량이 길들이기〉
    한승혜

'미투 이후'의 세상에서 《달과 6펜스》 읽기   45
    서머싯 몸, 《달과 6펜스》
    박정훈

그 여자를 찾아내 퇴치하라   67
    레이먼드 챈들러, 《안녕 내 사랑》
    김용언

'위대함'은 어떻게 만들어지는가? 99

    F. 스콧 피츠제럴드, 《위대한 개츠비》

    심진경

아름답게 피흰 여자들, 그들은 누구인가 133

    앙드레 브르통, 《나자》

    이라영

그리스인 조르바, '자유로운 남자'라는 환상 161

    니코스 카잔차키스, 《그리스인 조르바》

    조이한

식민지 남성성과 미소지니 183

    이상, 〈날개〉

    정희진

고통을 대가로 자유를 선택한 해방의 여신 215

    에우리피데스, 〈메데이아〉

    장은수

말괄량이는 정말로 길들었을까?

셰익스피어, 〈말괄량이 길들이기〉*

한승혜

대학에서 영문학과 일문학을 공부
했다. 기업에서 마케팅을 하다 퇴사 후
현재는 두 아이를 기르며 다양한 매체
에 서평과 에세이를 기고하고 있다. 사
람을 좋아한다.

  * 윌리엄 셰익스피어,《한여름 밤의 꿈/베니스의 상인/ 말괄량이 길들이기/안토니와 클레오파트라/줄리어스 시저/리처드3세》, 신상웅 옮김, 동서문화사, 2008.

1

    영문학과에 입학한 첫해, 과에서 주최하는 행사에 나갔을 때였다. 행사가 시작되길 기다리며 앉아 있는데 근처에서 선배들의 말소리가 들렸다. 함께 시간표를 짜면서 고민하던 그들은 셰익스피어처럼 어려운 수업을 들어본 적이 없다느니, 셰익스피어만 없어도 살겠다느니 등의 이야기를 했고, 대화를 몰래 훔쳐 듣던 나는 속으로 생각했다. '아니 셰익스피어가 뭐가 어렵다고 엄살이야? 재밌을 것 같기만 한데. 나도 1학년 기초 과목 말고 얼른 셰익스피어를 배우고 싶다!'

    돌이켜보면 아무것도 모르는 시절이었기에 가능한 치기 어린 생각이었다. 아동, 청소년용 혹은 보급형으로 각색된 버전의 셰익스피어만 읽어보았기에 할 수 있었던 순진무구한 생각들. 시간이 흘러 '진짜' 셰익스피어를 배우게 되었을 때 그들이 했던 우는 소리를 수입 첫 시간부터 바로 이해할 수 있었다.

셰익스피어 원작은 어휘나 어법 자체가 오늘날의 영어와 다르기에 주제를 파악하고 인물을 심도 있게 분석하기 이전에 일단 텍스트 해석부터가 쉽지 않다. 설령 문장 해석은 가능하더라도 그 이면에 담긴 인간의 복잡한 욕망이나 갈등을 제대로 이해하고 받아들이려면 어느 정도 문학 실력이 필요하다. 플롯은 꽤나 단순해 보이지만 실제로는 단순한 이야기들이 아닌 것이다. 나 역시 선배들의 대화를 엿들으며 자신만만해하던 것과는 다르게 학교에 다니는 동안 셰익스피어 때문에 꽤나 애를 먹었다.

그러나 학습 과정의 어려움에도 불구하고 셰익스피어에 대한 본연의 애정이 사라지지는 않았는데, 그건 아마도 셰익스피어의 작품들을 어린 시절부터 워낙 좋아하여 반복해서 읽었기 때문이었을 것이다. 셰익스피어를 원작으로 하는 영화와 드라마 역시 좋아하여 여러 번 보아서 셰익스피어가 그려내는 세계가 정서적으로 상당히 친숙했다.

친숙함은 그 자체로 어떤 안정된 공기를 형성하며 어린 시절 형성된 기억과 감정은 특별한 계기가 없는 한 오래도록 비슷한 상태를 유지한다. 내가 가장 좋아했던 셰익스피어의 두 작품은 〈한여름 밤의 꿈〉과 〈말괄량이 길들이기〉였는데, 둘 다 셰익스피어의 4대 비극만큼이나 유명한 희곡이다. 셰익스피어를 대표하는 비극은 어린 시절의 내게 너무나도 무겁고 심각하게 느껴졌다. "죽느냐 사느냐 그것이 문제로다"라고 독백하는 〈햄릿〉의 심정을 알 수 없었고, 인물들이 무엇 때문에 그토록 괴로워하고 고뇌하는지에 공감하기도 어려웠다. 〈리어왕〉이나 〈맥베스〉의 광기도 이해할 수 없었다. 〈오셀로〉도 마찬가지였다. 물론 성인이 된 지금은 그들 작품이 지닌 가치를 인정하고 받아들였지만 말이다. 4대 비극만큼이나 유명한 〈로미오와 줄리엣〉은 사랑 이야기라 상대적으로 이해하기 쉽긴 했지만 두 연인의 죽음으로 끝나기에 썩 좋아하지 않았다.

반면 셰익스피어의 희극들은 비극과는 정반대였다. 경쾌하고 밝으며 농담이 가득한 톤이 특징인 〈한여름 밤의 꿈〉과 〈말괄량이 길들이기〉는 희극답게 더할 나위 없는 행복한 결말로 끝나고, 그렇기에 늘 부담 없이 읽을 수 있었다. 중간에 적당한 긴장감이 고조되어 더 재미있었고, 사랑 이야기가 곁들여 있어 더 부드러운 느낌이 들기도 했다. 이처럼 가볍고 즐거운 분위기 덕분인지 두 작품 다 오래도록 대중적인 인기를 누리며 많은 예술 작품에 영향을 끼쳤다. 나는 둘 중에서는 〈말괄량이 길들이기〉 쪽을 더 좋아했는데, 아마도 작품이 그려내는 변화에 매료되었던 것이 아니었나 싶다. 요즘 유행하는 말로 '반전 매력'이 있었다고

나 할까?

잘 알려져 있다시피 〈말괄량이 길들이기〉는 천방지축 막무가내던 한 말괄량이 여성이 제대로 된 '임자'를 만나 호되게 당한 후 세상 누구보다 조신한 요조숙녀로 거듭난다는 내용이다. 마치 미운 오리 새끼가 백조로 탈바꿈하듯, 말썽꾸러기였던 여성이 우아한 귀부인으로 거듭난다는 줄거리가 마음을 끌었다. 작품 초반부와 후반부에 마치 다른 인물이 된 것처럼 돌변한 주인공 카타리나의 모습이 재미있게 느껴졌고, 영리한 남성이 기지를 발휘하여 심술궂은 카타리나를 혼내주고 계도하는 대목에서는 사납고 거칠기 이를 데 없는 야생동물을 길들이는 장면을 볼 때와 같은 카타르시스를 느끼기까지 했다.

하지만 그로부터 오랜 세월이 흐른 지금 〈말괄량이 길들이기〉를 바라보는 내 심경은 꽤나 복잡하다. 여성과 문학에 대한 다양한 관점을 접하고 다시금 읽어보니 이 작품이 과거와는 완전히 다른 방향으로 보이기 시작했다. 특히나 사회가 여성의 정신세계를 규정하고 단죄하는 방식을 알고 난 뒤에는 과거에 이 작품이 가진 문제를 전혀 인지하지 못했다는 사실이 충격적으로 느껴지기까지 했다. 단순히 문제를 살피지 못한 것을 넘어 심지어 재미와 희열을 느끼며 좋아했다니! 여성에 대한 비하와 모욕이 여성 자신조차 느끼지 못할 정도로 사회에 공기처럼 깊숙이 스며들어

말괄량이는 정말로 길들었을까?

있음을 새삼 깨달은 순간이었다.

재미있는 희극에 대체 무슨 심각한 문제가 있다는 것이냐 또는 멀쩡한 작품에 또 쓸데없이 '불편한' 감정을 느끼며 시비를 거는 것 아니냐는 질문을 하는 이들이 있을 것이다. 마치 없는 트집거리를 일부러 잡아내는 양 말이다. 그런데 결코 그렇지 않다. 발랄하고 즐거워 보이는 〈말괄량이 길들이기〉에는 분명 당대의 섬뜩한 진실이 숨어 있다. 지금부터 작품이 품고 있는 숨겨진 '진실'을 세세히 들여다볼 예정이다. 본격적으로 짚어보기 전에 일단 여성 예술가들의 이야기를 먼저 해보도록 하자.

2

카미유 클로델, 버지니아 울프, 실비아 플라스 그리고 젤다 피츠제럴드의 공통점은 무엇일까? 넷 다 남다른 재능과 더불어 백인 중산층이라는 인종적, 계급적 특권을 지니고 태어났음에도 이를 제대로 펼치거나 누리지 못한 여성 예술가이다. 이들은 모두 정신적 고통을 겪다가 비극적으로 생을 마감했다. 카미유 클로델은 30여 년간 정신병원에서 생활하다 세상을 떠났고, 버지니아 울프는 우울증에 시달리다 외투 주머니에 자갈을 채운 뒤

강물에 뛰어들어 죽었으며, 실비아 플라스는 오븐에 머리를 넣어 자살했다. 젤다 피츠제럴드 또한 수용되어 있던 정신병원에 불이 나면서 그대로 사망했다.

비극적인 죽음 탓일까. 이들은 예술적 성취보다는 정신착란, 예민함, 신경쇠약, 우울증 같은 부정적인 요소로 더욱 자주 거론되었다. 사람들은 작품보다 그들의 사생활에 더욱 관심을 가졌는데 나 역시 크게 다르지 않아 어릴 때는 그들을 그저 광기 어린 비운의 예술가 정도로만 여겼다. 물론 안타까움과 연민을 느꼈으나 어디까지나 일차원적 감정이었다. '건강하게 오래 살았다면 더 훌륭한 작품을 많이 남길 수 있었을 텐데' 같은. 때로는 그토록 뛰어난 재능에도 불구하고 불행한 말로를 맞이한 그들의 삶을 떠올리며 천재성에는 광기가 따라올 가능성이 선천적으로 높은지 등의 의문을 품기도 했다. 말하자면 그들을 '타고난' 광인 정도로 여긴 것이다.

그러다 시간이 흐르면서 생각이 조금 바뀌었다. 그들이 선천적으로 광기의 유전자를 타고나서 그렇게 된 것이 아니라, 애초에 이상한 사람이라서 그러한 말로를 맞이한 것이 아니라, 어쩌면 사회가 그들을 미치게 만든 것은 아닌가 하고 생각한 것이다. 인간은 욕망이 꺾일 때 좌절을 겪고, 반복되는 좌절감은 심각한 우울증이나 정신적 문제로 이어질 수 있다. 예술적 욕망이나 인정 욕구가 꺾일 때는 더욱 그러하다. 철학자 에릭 호퍼는 《맹신자들》에서 창조적 욕구의 좌절은 심각한 자기 경멸이나 타인에 대한 격렬한 증오로 연결될 수 있음을 지적한 바 있다.

알려진 바와 같이 카미유 클로델은 조각가로 성공하고자 하는 야망이 있었으며 탁월한 재능도 지녔으나 '로댕의 젊은 연인'으로서만 유명할 수 있었다. 그녀는 세상을 떠나는 날까지 결코 독립된 예술가로 인정받지 못했다. 젤다 피츠제럴드 또한 그 자신이 글을 썼고 남편인 스콧 피츠제럴드의 작품에 상당한 역할을 했음에도 불구하고 인기 작가의 아내로만 통하는 경우가 많았다. 문학뿐만 아니라 무용에도 재능을 보였던 젤다는 스콧의 반대와 더불어 아이를 돌볼 수 없다는 죄책감에 결국 무용수로서 무대에 설 수 있는 기회를 포기했다. 실비아 플라스는 어머니와 아내라는 가정에서의 역할과 창작 활동의 병행을 어려워했고, 버지니아 울프는 여성이라는 이유로 동료 작가들에게 인정받지 못할 때가 많았다.

이처럼 네 사람은 비슷한 재능을 지닌 같은 조건의 남성에 비해 그것을 제대로 펼치거나 인정받을 만한 사회적 여건을 누리지 못했다. 당대의 사람들은 여성에게 지성이 없다고 믿었기에 여성은 지적, 예술적 욕구를 펼치려는 것만으로도 이상한 사람 취급을 받았으며 뜻을 꺾지 않을 때는 사회의 강한 제지를 받았다. 이런 상황을 고려하다 보니 어쩌면 이와 같은 예술적, 사회적 욕망의 좌절이 그들이 겪은 우울증이나 정신착란에 영향을 끼쳤을지 모른다는 생각을 하게 된 것이다.

조금 더 시간이 흐른 지금은 또다시 생각이 바뀌었다. 이들의 생애를 보다 구체적으로 알게 되면서, 세상이 여성을 어떻게 다루는지를 조금 더 깊이 들여다보게 되면서, 애초에 그들에게 붙었던 딱지 자체가 잘못된 것은 아니었는지 의구심을 갖게 되었다. 그전까지는 그들에게 어떤 식으로든 정신적 문제가 있었던 것만큼은 사실이라 여겼다. 그런데 만약 아니었다면? 실제 상태와 무관하게 주변인들에게 미쳤다고 규정당한 것이라면? 이들은 예술가로서 강한 자의식을 지닌 여성들이었고 당대가 권장하던 여성상과는 사뭇 거리가 있는 인물들이었다. 혹여라도 표준적인 여성상에서 벗어난 부분을 단죄하기 위해 사회가 이들에게 정신병자라는 낙인을 찍은 것은 아니었을까?

생각해보면 누군가를 '미쳤다'라고 규정하는 것만큼 쉬운 통제 수단이 없다. 광인은 가족과 친구들에게마저 외면당하기 일쑤이며 광인이 하는 말은 모두 헛소리로 취급되곤 한다. 마지막까지 애정과 책임감을 지니고 곁에 남은 이들조차 광인을 단지 먹이고 돌봐야 할 생명체 정도로만 취급할 뿐, 이성적이고 합리적인 판단력을 지닌 존재로는 바라보지 않는다. 결국 누군가에게 제정신이 아니라는 낙인이 붙는 순간 그의 사회적 고립이 시작된다.

　이 때문인지 사회는 여성을 통제하기 위한 수단으로 정신분석학을 적극적으로 이용해왔다. 여성은 예로부터 남성보다 무지하며 비이성적이고 열등한 존재로 그려졌고, 각종 신화와 전설을 비롯한 온갖 예술 작품이 이러한 믿음을 부추겼다. 프로이트와 같은 정신분석학자들은 여성이 태생적으로 남근에 대한 선망을 지녔으며 타고난 호르몬 때문에 이상행동을 한다고 주장했다. 또한 주류에서 파생된 잘못된 신념은 사회 전반에 널리 퍼져 여성에 대한 그릇된 인식을 형성했다.

　결국 여성의 정신 상태를 얕잡아보는 농담이나 표현이 사회 곳곳에 공기처럼 자리하기에 이르렀고, 사람들은 남성의 분노는 합당하고 이성적인 것으로 받아들인 반면 여성의 분노는 비이성적이고 비정상적인 반응으로 여기곤 했다. 내가 어린 시절만 하더라도 여성이 어떤 사안에 불만이나 분노를 표현하면 "생리 중이냐"는 물음이 예사로 돌아왔다. 또한 의견의 합당함과는 별개로 "역시 여자라서 예민하다"와 같은 평가를 받았다. 사회가 규정하는 '혼인 적령기'를 벗어난 여성은 부당한 상황을 맞이했을 때조차 쉽사리 항의하기 어려웠다. '노처녀 히스테리'라는 식으로 낙인을 찍어 정당한 항의를 결혼하지 못했다는 열등감과 콤플

렉스에서 생긴 발언으로 비하했기 때문이다.

이처럼 여성은 정신적으로 병들어 있다고 규정되었던 탓에 사회의 입맛에 맞지 않는 행동을 할 때 남성보다 훨씬 더 손쉽게 통제당했다. 여성의 판단력은 쉽사리 의심받았으며 여성이 느끼는 부정적 감정은 호르몬 문제로 취급되었다. 성폭력이나 정신적, 육체적 학대를 고발하는 여성은 없는 사실을 지어내는 망상증 환자 또는 관심을 받고 싶은 비뚤어진 마음에 남성을 모함하는 사악한 마녀 취급을 받았다. 여성들이 입은 폭력과 피해는 '지나치게 예민하여' 또는 '신경이 과민하여' 과장해서 만들어낸 거짓말로 치부되었다. 결국 여성들 자신조차 스스로를 믿지 못하며 의심하고 불안해하는 일이 벌어지기도 했다.

정신분석학자인 필리스 체슬러는 정신과학 내부의 제국주의와 성차별을 고발한 저서 《여성과 광기》에서 19세기에서 20세기 초에 여성을 정신병원에 입원시키는 것이 얼마나 간단한 작업이었는지를 서술한다. 체슬러는 이 시기만 하더라도 북미와 유럽의 남성들이 정신이 멀쩡한 아내와 딸을 집 안이나 정신병원에 감금할 합법적인 권리를 가지고 있었으며 실제로 그렇게 했다고 설명한다. 체슬러에 따르면 "권위적이고 폭력적이며 술주정꾼에 정신 나간 남편들은 아내들을 정신병원에 입원시켰으며, 때로는 너무 콧대가 높다는 이유 하나만으로—이후 다른 여성과 결혼하기 위해 — 영원히 유폐시켰다".*

이런 차원에서 생각하면 앞서 예시를 들었던 네 명의 여성 예술가 카미유 클로델, 버지니아 울프, 실비아 플라스, 젤다 피츠제럴드에 대해서도 새삼 의구심을 가질 수밖에 없다. 탁월한 재능을 지녔지만 정신적 고통을 겪은 탓에 불행한 말로를 맞이한 여성들. 물론 그들이 정신적으로 어려움을 겪은 것은 사실이다. 다름 아닌 그들이 남긴 작품이 자신의 창작자가 겪은 고통과 괴로움을 생생하게 증명하고 있으니 말이다. 그러나 정신적으로 괴로움을 겪는다는 것이 곧 '정신병자'라는 의미는 아니다. 인간이라면 누구나 살면서 괴롭고 우울한 순간을 맞이하지 않는가. 우리가 괴롭거나 슬퍼할 때 또는 고통을 토로할 때마다 '정신병'을 앓는 것은 아니다. 그럼에도 앞에 언급한 여성 예술가들은 모두 '정신병자' 취급을 받았다.

카미유 클로델은 연인이었던 로댕을 비난했을 때 정신이상자라고 손가락질당했고, 실비아 플라스 역시 남편인 테드 휴즈를 비난했을 때 정신에 이상이 있다는 비난을 받았다. 젤다 피츠제럴드가 쓴 많은 작품은 본인 이름이 아닌 남편 스콧 피츠제럴드의 이름으로 발표되거나 그의 편집을 거친 뒤 '공저'로 발표되

* 필리스 체슬러,《여성과 광기》, 임옥희 옮김, 위고, 2021, 17쪽.

었는데, 그녀가 이에 항의하자 정신에 문제가 있는 것으로 간주되었으며 훗날 정신병동에 입원히기까지 했다. 버지니아 울프는 어린 시절 남자 형제들에게 받은 성적 학대로 죽기 전까지 고통스러워했으나 당시 누구도 그녀의 아픔을 진지하게 들어주지 않았다.

결국 이들 여성 예술가들은 주체적인 목소리를 내려 했다는 또는 자신이 입은 억압과 폭력을 고발하려 했다는 이유로 제약받은 것이나 다름없다. 사회는 이들에게 정신병자라는 딱지를 붙여서 졸지에 이들의 의견을 비이성적이고 불합리한 것으로 만들어버렸다. 카미유 클로델은 정신이상자로 알려진 이후 완전히 고립되었고, 실비아 플라스와 젤다 피츠제럴드는 어머니와 아내 자격이 없는 '나쁜 엄마'이자 '악처'로 이름이 널리 알려졌다.

특히 젤다의 경우를 주목할 만한데, 젤다는 바람을 피우고 아이를 제대로 돌보지 않는다고 비난받았으나 흥미롭게도 똑같이 바람을 피우고 아이를 돌보지 않은 스콧 피츠제럴드에게는 그만큼의 비난이 가해지지 않았다. 비난은커녕 스콧은 '악처' 때문에 탁월한 재능을 제대로 꽃피우지도 못하고 단명한, 정신이상자 아내 때문에 괴로워하다 알코올 의존증에 빠진 비운의 작가로 동정표를 받기까지 했다. 똑같은 행동을 한 두 사람에 대한 세간의 반응이 이토록 달랐다는 사실은 예술가를 향한 당대의 시선이 성별에 따라 차별적이었음을 보여준다. 같은 행동을 하더라도 남성은 단순히 슬픔이나 무기력으로 인한 우울한 상태로 여겨져 피해자로 간주되었던 반면, 여성은 정신병을 앓고 있어 치료가 필요한 환자가 되었던 것이다.

물론 앞서 언급한 네 사람이 이 과정에서 내내 온전한 정신을 유지했음에도 부당하게 정신이상자 취급을 받았는지는 알 수 없는 일이다. 아무리 '멀쩡한' 정신을 지닌 사람이라고 할지라도 지속적으로 정신이상자 취급을 받으면 이상해지기 마련이다. 따라서 그들 또한 정신병자 취급을 받는 과정에서 실제로 이상을 겪었을지도 모른다. 1944년에 만들어진 영화 〈가스등〉이 좋은 예시로, 이 영화는 타인의 심리나 상황을 교묘하게 조작하여 그 사람에 대한 지배력을 강화하는 행위를 의미하는 단어 '가스라이팅'의 어원이 된 작품이기도 하다. 영화 속 남편은 집안의 조명을 일부러 어둡게 만든 뒤 아내가 왜 이렇게 어둡냐고 물으면 전혀 문제가 없는데 왜 이상한 질문을 하느냐는 식으로 반응하면서 오히려 아내를 정신병자로 몰아세운다. 그렇게 그는 아내에 대한 자신의 통제력과 지배권을 강화하고, 아내는 남편에게 점차 의존하게 되면서 판단력과 인지 능력을 지속적으로 상실한다.

여기에 더불어 정신병이라는 판단이 내려진 이후 여성들이 받은 조치, 그러니까 당대 정신병원의 환경이 이들의 상태를 악화시켰을 가능성도 생각해보아야 한다. 필리스 체슬러는《여성과 광기》에서 19세기에서 20세기 초의 정신병원은 의료기관이라기보다는 바람직하지 못한 여성을 바로잡기 위한 처벌, 교정을 담당하는 시설에 더 가까웠다고 지적한다. 당대 정신병원에 수용된 여성 환자들은 친절하게 치료받거나 전문적인 의료 행위를 받는 대신 정신적·육체적 학대를 당하는 경우가 많았는데, 그들은 실제 도움이 되는 상담 치료나 적합한 약물 치료가 아닌 전기충격을 받거나 정신을 그저 무기력하게 만들어 '아무것도 안 하게 만드는' 약물을 투여받은 뒤 종일 잠든 상태로 시간을 보내곤 했다고 한다. 간혹 자신은 미치지 않았다고 주장하며 치료를 거부하는 여성은 호되게 구타를 당하거나 다른 방식으로 보복을 당했고, 결국 대부분의 환자가 정신병원에서 '탈출'하기 위해 유순하고 고분고분한 태도를 보일 수밖에 없음을 학습했다는 것이다.

이처럼 정신병자라는 낙인의 교묘한 지점은 일단 한번 찍히면 절대 스스로는 벗어날 수 없다는 데 있다. 만약 정신병이라고 진단받은 사람이 자신은 미치지 않았으며 멀쩡하다고 주장하면, 그는 정신이 이상하여 스스로에 대한 합리적인 판단을 못 하는 사람으로 간주될 것이다. 한편 정신병자로 진단받은 사람이 자신에게 정신병이 있음을 인정하면, 당연히 정신병자로 확정되어 주체성을 상실할 것이다. 결국 어떤 식으로든 사회에 의해 정신병

말괄량이는 정말로 길들었을까?

자로 몰아세워진 여성들은 좋으나 싫으나 자신의 병을 인정할 수밖에 없는 상황에 놓이는데, 그러한 상황 자체가 그들의 정신에 또 다른 영향을 미쳤을 가능성도 생각해보아야 한다.

3

이제 다시 셰익스피어의 〈말괄량이 길들이기〉로 돌아가 보자. 사회가 가부장이나 제도에 반항하는 여성을 어떻게 다루었는지, '광기'가 있다고 판명된 여성에게 어떤 제재를 가했는지를 생각하면 이 작품이 이전과는 완전히 다르게 읽힌다. 우선 제목인 '말괄량이 길들이기'부터 그러하다. 아무도 위풍당당하게 행동하거나 천방지축으로 구는 남성을 '말괄량이'라 부르지 않는다. '말괄량이'는 오직 여성에게만 주어지는 이름이다. 거친 언어를 사용하고 과격하게 행동하더라도 남성은 결코 비난받지 않는다. 그것이 사회가 생각하는 남성 본연의 특성이기 때문이다. 반면 여성은 그렇지 않다.

'길들이기taming'란 표현은 또 어떠한가. '길들이다'의 사전적 의미는 '어떤 일에 익숙하게 하다'이지만 실제로는 '무언가 잘못된 것을 바로잡다' 또는 '무언가를 목적한 상태로 차차 이르게 한다'라는 뜻으로 많이 사용된다. 그렇기 때문에 '길들이다'는 '신발에 길을 늘이다', '자전거에 길을 들이다'와 같이 주로 피동적이며 타자화되는 사물 또는 소나 양과 같은 가축을 대상으로 쓰인다. 이처럼 사람에게는 어울리지 않는 표현인 '길들이기'에서부터 이미 여성을 남성과 동등하지 않은, 가축이나 사물과 같은 대상으로 바라보는 시선이 읽힌다. '남편을 길들인다', '아버지를 길들인다'와 같은 표현을 사용하는 이는 없다.

이런 부분에서 〈말괄량이 길들이기〉는 그 제목에서부터 정신병동에 수감된 여성 환자가 다루어지는 방식을 연상시키는데, 제목뿐만 아니라 극의 내용 또한 그러하다. 자주 소개되는 각색된 버전과 다르게 본래의 〈말괄량이 길들이기〉는 극중극*으로, 사냥에서 돌아오던 영주와 그의 부하들이 술에 취해 정신을 잃은 슬라이라는 남성을 발견하는 장면으로 시작한다. 슬라이를 놀려줘야겠다는 엉뚱한 생각을 한 영주는 그를 성으로 데려오고, 잠에서 깨어난 슬라이에게 허황된 거짓말을 늘어놓는다. 그 거짓말이란 본래 영주 신분이었던 슬라이가 땜장이가 된 꿈을 오래 꾸고 깨어났다는 것. 그러면서 영주와 부하들은 슬라이를 더욱 본격적으로 놀려주기 위해 연극을 보여주기까지 하는데, 그 연극의

* 극 중에서 이루어지는 또 하나의 연극.

말괄량이는 정말로 길들었을까?

내용이 바로 우리가 아는 〈말괄량이 길들이기〉다.

극중극 〈말괄량이 길들이기〉의 내용은 흔히 알려진 바와 크게 다르지 않다. 부유한 귀족 뱁티스터에게는 카타리나와 비앙카라는 두 딸이 있었는데, 비앙카는 미모와 성품으로 이름이 드높아 구혼자가 줄을 섰음에도 불구하고 언니인 카타리나가 아직 미혼이라는 이유로 결혼을 못 하는 처지다. 반면 카타리나는 우악스럽고 거친 성미 탓에 그간 구혼자가 한 명도 없었고, 본인 역시 결혼을 거부하여 앞으로도 결혼 여부가 불투명한 상황이다. 이에 비앙카의 구혼자들은 고민 끝에 페트루치오라는 남성을 섭외하여 카타리나의 마음을 사로잡아 결혼할 것을 요구하고, 만약 성사시킬 경우 성공 보수를 지급하겠다고 제안한다. 이를 수락한 페트루치오는 이제껏 누구도 생각하지 못한 방식으로 카타리나를 고분고분하게 만드는 데 성공하고, 종내에는 가장 '순종적인' 아내를 뽑는 내기에서도 승리하기에 이른다. 그런데 이때 페트루치오가 카타리나를 '길들이는' 방식을 눈여겨볼 필요가 있다. 이것이 과거 정신병동에서 여성 환자들을 다루었던 방식과 놀랍도록 닮았기 때문이다.

다짜고짜 카타리나를 찾아간 페트루치오는 일부러 카타리나를 '케이트'라는 잘못된 이름으로 부르고, 이에 항의하는 카타리나를 제정신이 아닌 것처럼 취급한다. 여기에 더해 대중 앞에서 카타리나를 공개적으로 모욕하고, 괴상한 행동을 해 창피를 주기도 한다. 또한 중간중간 카타리나가 자신의 명령에 따르지 않거나 반항할 때는 말을 들을 때까지 굶기는 방식으로 벌을 주고, 때로는 곁에 있던 시종을 마구 때리기도 한다. 그럼에도 카타리나에게는 대항할 방법이 없다. 일단 아버지 뱁티스터의 허락 아래페트루치오와 결혼식을 올린 이상, 카타리나에 대한 모든 권한이새로운 가부장인 페트루치오에게 넘어갔기 때문이다.

결국 카타리나는 제발 식사를 달라고 애원하거나 말을 들을테니 시종을 때리지 말라고 싹싹 비는 식으로 페트루치오의 지시에 점차 순응하고, 마침내는 페트루치오가 하는 모든 말을 무비판적으로 무조건 따르는 모습을 보이는 지경에 이른다. 뒤에 가서는 하늘의 해를 보고 달이라고 하거나 노인을 보고 젊은 아가씨라 부르는 비상식적인 행동까지 적극적으로 수용하고 받아들인다. 물론 희극이니만큼 모든 장면은 어디까지나 '유쾌하게' 그려진다. 그러나 아무리 유쾌한 분위기로 포장한다고 하더라도 그러한 행위가 내포한 폭력적 행위의 본질 자체가 사라지지는 않는다.

페트루치오의 행동이 옳지는 않지만 과격하고 사나운 카타리나와 소통하려면 어쩔 수 없다고 변명할 이들이 있을지 모른다. 그러나 극 중에서 과격하고 사납다고 묘사되는 카타리나가 실제로 그런 행동을 하는 장면은 사실 많지 않다. 세상 누구도 감당하기 어려운 '말괄량이'라고 알려진 카타리나의 '악행'은 기껏해야 자기 집에 방문한 남성들에게 거친 언사를 하는 정도에 불과하다. 동생 비앙카와 음악 수업을 하던 가정교사를 때리는 장면이 나오지만 단 두 번뿐이며, 이는 페트루치오가 카타리나를 교정하겠답시고 하인들을 폭행하는 횟수와 강도에 비하면 아주 약한 수준이다. 그럼에도 카타리나는 극 중에서 세상 누구도 다룰 수 없는 포악한 말괄량이로 표현된다.

반면 옷을 엉망으로 입고, 공공연하게 창피한 행동을 하고, 아내를 다른 이름으로 부르고, 하인들에게 폭력을 가하고, 해를 보고 달이라 칭하거나 노인을 가리키며 젊은 여성이라 부르는 페트루치오에게는 그 누구도 미쳤다는 비난을 가하지 않는다. 물론 그에게 카타리나의 버르장머리를 고쳐주겠다는 의도가 있긴 하지만 그 의도를 아는 사람은 아주 소수일 뿐이다. 그러나 그 의도를 모르는 사람들에게도 페트루치오는 그저 엉뚱하고 익살스러우며 괴짜인 인물로 여겨질 뿐인데, 이는 '말괄량이' 카타리나가 거친 말을 하는 것만으로도 비난받는 상황과 대조적이다. 아마 여성이 저런 행동을 했다면 당장에 마녀로 몰려 사형당하거나 미쳤다고 감금되었을 것이다.

페트루치오뿐만이 아니다. 애초에 이 모든 일을 시작한 인물,

〈말괄량이 길들이기〉 속 극중극을 시작한 영주는 어떠한가. 단지 자신의 재미를 위하여 이 모든 상황을 꾸민 영주 말이다. 길에서 취객을 데려다 세뇌하고 놀리며 기만하는 행위를 애초에 '장난' 이라는 가벼운 말로 넘겨도 좋은 것일까? 물론 〈말괄량이 길들이기〉가 희극이므로 어느 정도 감안하고 넘겨야 할 부분들이 있지만, 그 모든 사안을 고려하더라도 영주가 아닌 평범한 여성이 같은 행동을 했을 때 그것이 단지 '익살스러운 장난'이라는 평가로 끝났으리라고 생각하기는 쉽지 않다.

이러한 모든 지점을 고려했을 때, 극 중에서 가장 순종적인 아내를 뽑는 내기에서 우승한 뒤 카타리나가 동생 비앙카를 비롯한 다른 여성들에게 장황하게 설교를 늘어놓는 마지막 장면은 많은 것을 생각하게 만든다.

남편이라는 건 우리의 주인이며 생명이고, 수호자며, 머리, 군주예요. 아내를 위하여 걱정하고, 아내를 편히 해주려는 생각으로 바다에서나 육지에서나 뼈아프게 일을 하시잖아요. 태풍 부는 밤이나 혹한에도 안 주무시잖아요. 그 덕에 우리는 안심하고 아늑하게 누워 있을 수 있는 거예요. 그러나 남편은 아내한테서 다른 공물은 바라지 않아요. 다만 사랑과 고운 얼굴과 진실한 순종밖에는. 그렇게도 큰 빚에 비하면 지불은 참으로 하찮아요…… 신하가 군주에 대해서 진

의무, 그것이 곧 아내된 자의 남편에 대한 의무랄까요. 그렇다면 아내가 고집을 부리고, 짜증을 내고, 시무룩해하고, 불쾌한 얼굴을 하고, 그리고 남편의 착한 생각에 반항하고 있는 것은 바로 인자한 군주에게 반역을 꾀하는 무리가 아니고 뭘까요? 평화를 구하여 무릎을 꿇어야 할 경우에 감히 선전 포고를 하거나, 사랑과 순종을 가지고 봉사해야 할 경우에 지배나 권력을 요구하는 것은 여자로서 어리석고 창피한 노릇이에요…… 왜 여자의 살결이 부드럽고, 약하고, 매끄럽고, 세상의 고된 일에는 적합하지 않을까요? 역시 우리의 기분과 맘이 부드러워서 그렇게 육체적 조건과 일치한 것 아닐까요? 자, 자, 이 무력한 고집쟁이들! 나도 처음에는 당신들처럼 교만하고, 고집 세고, 말에는 말로, 고집에는 고집으로 대하곤 했지요. 하지만 마침내 깨닫고 보니 여자의 창이란 지푸라기와 마찬가지로 약해요. 비교도 되지 않을 정도로 약해요. 아무리 강한 척해도 역시 약해요. 그러니 어서 모자를 벗어요. 그런 용기는 쓸데없으니까요. 그리고 남편 발목 밑에 손을 갖다 놔요. 남편이 원한다면 난 순종의 증거로 언제든지 남편 앞에 엎드릴 생각이에요.(234)

카타리나의 말을 들은 대중들, 특히 남성들은 '지독한 말괄량이를 길들였다'며 페트루치오의 솜씨에 다시금 감탄하지만, 내게는 카타리나의 행동이 심상치 않게 느껴졌다. 카타리나가 마치 정신병동에 강제로 수용된 환자가 탈출을 꿈꾸며 모든 치욕과 굴욕을 참아내는, 그럼으로써 자신의 광기가 치유되었음을 증명하기 위해 멀쩡함을 '연기'하는 사람처럼 보였던 것이다. 실제로 《여성과 광기》에서 체슬러가 인터뷰한 정신병동에 수용되었던 여성들은 그곳에서 벗어나기 위해 순종적이고 고분고분한 태도를 익혀야만 했다고 증언한 바 있다.

그래서인지는 몰라도 평온한 얼굴로, 순종적인 어조로 바람직한 아내의 자세를 과장해서 강조하는 카타리나의 모습에 고통스럽게 세상을 떠난 여성 예술가들의 얼굴을 자꾸만 대입해보게 된다. 어디까지나 '희극'인 〈말괄량이 길들이기〉를 보고 더는 마음 편히 웃을 수 없는 이유다. 작품은 여기서 끝나므로 이후의 이야기는 알 수 없는 노릇이지만, 짐작건대 '말괄량이'가 정말로 '길들지'는 않았을 것이다. 카타리나가 그 언젠가 자유를 되찾았기를 바란다.

말괄량이는 정말로 길들었을까?

'미투 이후'의 세상에서 《달과 6펜스》 읽기

서머싯 몸, 《달과 6펜스》*

박정훈

2015년부터 〈오마이뉴스〉 기자로 일하면서 젠더 부문 기사를 쓰고 편집해왔다. '페미니즘 리부트' 시기에 여성들의 목소리를 가감 없이 들을 수 있었던 것이 행운이었다. 비관과 낙관을 반복하면서도, 미세하게 앞으로 나아가고 있다는 감각을 좋아한다.

* 서머싯 몸,《달과 6펜스》, 송무 옮김, 민음사, 2000.

2020년 2월 28일, 프랑스의 오스카라 불리는 세자르 영화상 시상식. 감독상 후보 일곱 명이 화면에 비칠 때 유일하게 시상식 현장에 없던 사람이 있다. 명작 〈피아니스트〉의 감독이자 아동 성범죄자로 악명 높은 로만 폴란스키였다.

처벌을 피해 40년 넘게 도피 중인 그의 작품이 무려 세자르상 열두 개 부문에 후보로 지명되자 여론이 술렁였다. 주최 측인 프랑스영화예술아카데미의 알랭 테르지앙 회장이 "후보작을 고려할 때 윤리적 입장을 고려하지 않는다"*고 말해 논란은 더욱 거세졌다. 페미니스트들은 파리의 살플레엘 극장에서 세자르상 시상식이 열리는 동안 시위를 벌이며 주최 측과 폴란스키를 비난했다. 한편 폴란스키는 "여성운동가들의 공개적인 린치가

* 임소연, "'성범죄자' 폴란스키에 감독상…佛세자르 시상식 권위 추락", 〈머니투데이〉, 2020.2.29.

두렵다. 가족과 나를 지키기 위해 불참한다"*라는 성명을 발표했다.

그럼에도 시상식에서는 "감독상은 로만 폴란스키, 〈장교와 스파이〉"라는 말이 울려 퍼졌다. 수상자의 소감도 없이 시상자가 트로피를 들고 무대 뒤로 사라지는 상황. 그때, 한 여자 배우가 자리를 박차고 시상식장을 빠져나갔다. 그리고 외쳤다. "아동 성애자 브라보."**

이 배우는 〈타오르는 여인의 초상〉으로 여우주연상 후보에 오른 아델 에넬이었고, 뒤이어 같은 영화의 또 다른 주연 배우인 노에미 메를랑 그리고 감독 셀린 시아마도 함께 시상식장에서 퇴장했다. 이는 여성을 착취하는 도덕적으로 파산한 예술가에 대한 명확한 거부 선언이자, 예술가와 예술 작품을 분리해서 독립적으로 판단할 수 없다는 미투 운동 이후의 새로운 윤리를 드러내는 상징적 장면이었다.

* 박우성, "[미투 시대 영화 계보학 ②] 로만 폴란스키 영화를 포기해야 한다. 박우성 평론가가 말한다",《씨네21》, 2020.3.23.

** 이유진, ""아동성애자 브라보!" 아델 에넬은 왜 세자르 시상식을 떠났나",〈경향신문〉, 2020.3.6.

아직 살아 숨 쉬는 《달과 6펜스》라는 헤게모니

성폭력과 여성혐오적 언행을 일삼은 예술가들의 실체가 낱낱이 밝혀지고 있는 요즘 《달과 6펜스》와 같은 소설을 어떻게 독해해야 할지 아무래도 고민스럽다. 이 소설에는 여전히 '고전'이라는 이름의 '권위'가 부여된다. 유명인들의 추천, 권장 도서로 끊임없이 언급되기도 한다. 하지만 이제는 여성에 대한 시선과 묘사가 모두 참담한 100년 전 소설을 지금 읽는 것이 어떤 의미인지 정면으로 다뤄볼 필요가 있다고 느낀다.

나는 입시에서 논술이 중시되는 시절에 학창 시절을 보낸 소위 '논술 세대'였다. 자연스럽게 세계문학전집에 들어 있는 고전이나 유명 작가들의 책을 접했다. 그중 하나가 《달과 6펜스》였다. 이 책의 이야기가 상당히 흥미롭다는 사실은 부인할 수 없다. 전기 형식으로 풀어내는 한 '미치광이 천재 예술가'의 이야기는 꽤나 흡인력 있다. 그러나 십수 년 전 처음 읽었을 때도 문제적이라고 느낀 부분이 있었다. 젠더 관점이 없어도, 페미니즘을 몰라도, 《달과 6펜스》가 여성을 철저히 무시하고 도구화한 이야기라는 것을 알기는 어렵지 않았다.

혹자는 말할 것이다. 이 작품이 남성 작가가 남성 화자를 통해 쓴 100년 전 소설이라는 점을 감안해야 한다고 말이다. 하지만 20세기 초반의 작품이라고 해서 모두 여성혐오가 전면에 드러나는 것은 아니다. 게다가 《달과 6펜스》에는 오랫동안 유지된 '위대한 남성 예술가 신화'의 '정수'가 담겨 있기도 하다.

사회의 윤리는 중요하지 않고 오직 '더 좋은 작품'을 만들어 자신을 증명하면 된다는 것. 영감을 주고, 욕구를 해소할 수 있고, 돌봄을 받을 수 있는 여성을 필요로 하는 남성의 행태가 착취가 아닌 사랑으로 일컬어진다는 것. 《달과 6펜스》가 그린 남성 예술가의 모습은 아주 최근까지도 우리 사회에서 흔하게 발견할 수 있지 않았나. 특히나 폴란스키의 수상 그리고 그를 '작품'만으로 평가하자며 두둔했던 프랑스 아카데미의 태도는 《달과 6펜스》가 과연 옛날이야기인지 의심케 만든다. 나는 《달과 6펜스》가 일종의 '헤게모니'로 작용한다고 본다. 폴 고갱이라는 실제 인물을 모델로 삼았다는 점에서 이 책이 모든 유명하고 위대하다고 일컬어지는 예술가들의 악행에 대한 면죄부처럼 느껴지기도 한다.

《달과 6펜스》, 무엇이 문제인가

《달과 6펜스》는 런던의 증권 중개인으로 안정적인 중산층의 삶을 살던 40대 남성 찰스 스트릭랜드가 갑자기 가족을 내팽개치고 파리로 떠나서 그림을 그리다가, 타히티에서 삶을 마감하며 신화가 되는 이야기를 담은 소설이다.

이 소설에서 스트릭랜드와 함께 산 세 명의 여성은 그의 광기나 예술적 욕구를 돋보이게 하는 역할을 한다. 먼저 스트릭랜드는 생계부양자 의무를 저버리고 부인과 자식들을 궁지에 몰아넣었다. 이후 파리로 가서는 화가 더크 스트로브에게서 그의 아내인 블란치를 빼앗지만, 블란치를 사랑하기는커녕 홀대하고 무시하면서 스스로 목숨을 끊게 만든다. 하지만 스트릭랜드는 "나한테 버림을 받아서 자살한 게 아냐. 어리석고 균형 잡히지 않은 인간이라 그랬지"(205)라고 말할 뿐이다.

마지막은 열일곱 살의 타히티 여성 아타다. 그는 스트릭랜드의 타히티 부인이다. 스트릭랜드는 아타에 대해 "그 애는 간섭을 안 해. 내 밥도 지어주고, 애들 뒷바라지도 하지. 시키는 일은 뭐든지 다 하네. 내가 여자에게 바라는 건 다 해줘"(273)라고 말한다. 실제로 아타는 스트릭랜드가 공동체와 멀리 떨어져 한센병(나병)으로 죽어갈 때까지 함께하면서, 그가 최후의 작품을 만들 수 있도록 돕는다.

세 여성은 오직 스트릭랜드의 판단에 따라 평가되고, 그 의미가 부여된다. "여자에게도 영혼이 있다는 건 기독교의 망상 가운

데서도 제일 터무니 없는 망상이죠"(287)라며 주체로서의 여성을 인정하지 않는 스트릭랜드를 중심으로 이야기를 풀어나가다 보니 여성 인물은 철저히 그의 도구로만 재현된다.

스트릭랜드가 오로지 예술에만 전념하는 순수한 '달'에 비유되는 것과 대조적으로, 여성들은 속물적이고 관습에 의존하는 '6펜스(과거 영국 화폐의 최소 단위)'로 그려진다. 《달과 6펜스》의 한국판 작품 해설에는 "육체적 관능만을 추구하는 블란치, (…) 가정을 떠났을 때 저주를 퍼부었던 남편이 천재로 알려지자 그의 아내였음을 자랑하는 스트릭랜드 부인 같은 사람들로 가득 찬 현실 세계는 (…) 스트릭랜드의 삶과 좋은 대조를 이룬다"(313)라고 쓰여 있기도 하다.

그러니까 《달과 6펜스》의 문제는 단순히 스트릭랜드를 여성 혐오자로 그린다거나 여성 비하, 멸시 발언이 수없이 등장한다는 데 있지 않다. 여성을 모욕하는 언행을 직접 듣거나 혹은 전해 들은 화자 '나'가 스트릭랜드를 변호하거나 옹호하면서 그를 자유롭고 위대한 영혼으로 치켜세워주는 게 문제의 핵심이다. 여기서 서머싯 몸은 "스트릭랜드는 불쾌감을 주는 사람이긴 했지만, 나는 지금도 그가 위대한 인간이라고 생각한다"(221)라는 식으로, 즉 화자인 '나'가 상당한 거리를 두고 스트릭랜드를 객관적으로 관찰하는 것처럼 보이도록 하는 서술 방식을 택한다. 또한 스트릭랜드의 비도덕성을 비난하면서도 속세에 찌들지 않은 예술에 대한 고결한 열정을 부각하기도 한다.

이처럼《달과 6펜스》는 전기 형식의 글을 쓰는 서술자인 '나'를 등장시켜 독자들이 자연스럽게 '나'의 생각을 따라오게 만든다. 소설 속의 '나'가 스트릭랜드의 인생을 평가한 내용이 자연스럽게 소설 전반의 메시지로 굳어지는 것이다.

나는 스트릭랜드 부인이 소문에 신경을 쓰는 것을 보고 약간 언짢은 기분이 들었다. (…) 세상 평판은 여성의 가장 내밀한 감정에도 위선의 그림자를 드리우는 법이다.(53)

한순간 나는 언뜻 본 것이 있었다. 육체와 결부된 존재로서는 도저히 생각할 수 없는, 위대한 무엇인가를 향해 뜨겁게 타오르는, 고뇌하는 영혼이 그것이었다.(206~207)

전자는 남편이 떠나간 일이 세간에 알려지길 꺼리는 스트릭랜드 부인의 모습을 비판적으로 서술한 대목이다. 후자는 '나'가 블란치 사후 스트릭랜드와 만나 그를 묘사한 장면이다. '나'는 분노에 차 스트릭랜드을 비난했음에도 결국 블란치의 죽음을 잊고, 그의 예술 세계에 더 관심을 갖는다. '나'는 표면적으로는 객관적

평가자다. 하지만 '나'의 서술적 위치는 스트릭랜드의 천재성과 예술성 그리고 이에 대비되는 스트릭랜드 주변 여성의 위선과 속물적인 모습을 강조하기 위한 소설적 장치로 이용될 뿐이다. 《달과 6펜스》가 여성을 보는 시각이 '너무나도 잔인하다'는 지적이 나오는 이유다.

이 소설에서 긍정적으로 묘사된 여성 인물이 하나 있다. 타히티의 호텔 주인인 티아레 존슨이다. '나'가 그를 만난 것을 '특혜'라 표현할 정도다. 티아레는 음식 만드는 솜씨가 좋고, 형편이 어려워진 사람을 몇 달이나 재워주며, 외상을 해도 봐주는 너그러운 여성이다. 스트릭랜드에게도 친절했고, 나중에는 아타와 스트릭랜드의 결혼을 주선했다.

스트릭랜드가 아타와의 첫 만남에서 "내가 너를 때릴 텐데"라고 말하자 아타는 "그러지 않으면 사랑받는 줄 모르잖아요"(263)라고 답한다. 이를 들은 티아레는 자신의 첫 남편인 존슨 선장이 걸핏하면 자신을 두들겨 팼다며, 그를 '진짜 남자'라고 치켜세운다. 긍정적으로 그려지는 유일한 여성 인물 티아레조차 스트릭랜드의 언행에 호감을 표시하는 것이다.

여성을 때리는 남성을 매력적인 '남성성'의 표상으로 생각하는 타히티 여성이 긍정적으로 그려지고, 그렇지 않은 유럽 여성들은 부정적으로 그려진다는 사실을 어떻게 해석해야 할까? 서머싯 몸이 《달과 6펜스》를 출간하기 지전인 1918년, 영국에서는 서프러제트 운동으로 비로소 삼십 세 이상의 여성이 참정권을 얻었다. 이렇듯 《달과 6펜스》가 유럽 여성이 자기 권리를 적극적으로 주장하던 시기에 쓰였다는 점을 감안할 때, '나'가 티아레와 아타의 종속적 태도를 어떠한 분석이나 비판 없이 서술하는 데는 일종의 의도가 담겼다고밖에 볼 수 없다. 《달과 6펜스》는 여성을 '뮤즈'로 만들거나 착취하는 것을 긍정하지는 않는다. 하지만 '남성 예술가라면 그럴 수도 있다'는 메시지를 끊임없이 주는 소설이라는 점은 분명하다.

스트릭랜드는 광기, 이기심, 후안무치 등으로 설명할 수 있는 캐릭터다. 문제는 그 특성이 결국 타인에게 상처를 주고 그들을 고통스럽게 한다는 점이다. 특히나 스트릭랜드보다 낮은 사회적 지위의 약한 존재가 더 큰 피해를 입는다. '백인 남성'이 저러한 특성을 가졌다면 그가 곁에 있어서 가장 큰 피해를 입는 이들은 '비백인', '비남성'일 가능성이 크다.

예술은 면죄부가 될 수 없다

《달과 6펜스》는 일종의 '탐미주의' 소설이다. 정확히 말하면

'미'를 찾는 데 몰두하여 좋은 결과물을 냈다면 인간사에는 면죄부를 부여할 수 있다는 이야기다. 즉, 위내한 예술 작품 또는 그걸 만드는 사람의 인생이 평범한 누군가의 성취나 인생보다 우월하고 영향력 있다고 평가하는 것이다.

흔히 예술가에게는 세간의 눈치를 보지 않는 담대함, 인습에서 벗어난 새로움 등이 요구된다. 창조성이 필요한 일이기 때문에 최대한 자유롭게, 관습과 통제에서 벗어난 삶을 살라는 요구를 은연중에 받기도 한다. 문제는 남성 중심 사회에서 '자유로운 남성'의 의미가 남다를 수밖에 없다는 점이다.

우리는 가부장제에서 요구되는 남성의 역할, 즉 생계부양자나 남편의 의무에 속박받지 않은 이들을 '자유로운 예술가'의 전형으로 여긴다. 그들은 의무를 이행하지 않는 것뿐만 아니라 욕구에 충실한 것도 용인되므로, 많은 여성을 만나는 것 역시 자연스럽게 여겨진다. 문제는 과거에 '예술가들의 어쩔 수 없는 여성편력'이라고 이야기됐던 것이 성 착취에 가까웠다는 점이다. '예술가'들은 자신보다 한참 어린 여성 혹은 자신을 선망하는 여성 제자들을 성적 대상으로 삼았으며, 현재 기준으로는 성폭행이 명백한 행위를 일삼았다. 최근에는 '가스라이팅'이라는 용어로 정의되는, 심리적·정신적으로 지배·조종하는 일도 더러 있었을 것이다.

《달과 6펜스》의 핵심적인 문제 중 하나는 이 소설이 성 착취를 저지른 예술가 폴 고갱을 모티브로 삼았다는 점이다. 고갱은 타히티에서 열세 살 여성과 결혼했다가 그를 버리고 파리로 떠났다. 이후 다시 돌아왔을 때는 열네 살 여성과 동거했다. 그 밖에도 수많은 어린 타히티 여성을 착취했다고 알려진 고갱은 심지어 매독에 걸린 상태였다. 식민지 종주국 남성이라는 위치를 이용해 종속국에서 악질적인 성범죄를 저지른 고갱이 《달과 6펜스》를 통해 '고결한 예술혼의 소유자'로 신화화됐다는 사실은 이 소설을 평가할 때 간과할 수 없는 지점이다. 허구의 인물 스트릭랜드에게만 면죄부를 준 것이 아니라 실존했던 고갱에게도 면죄부를 준 셈이기 때문이다.

《달과 6펜스》가 출간되던 시기의 대중들 그리고 지금 이 책을 '고전'으로 읽는 이들에게 예술가에 대한 잘못된 고정관념, 예술에 대한 잘못된 이해를 심어줄 수 있다는 점도 우려스럽다. 이 책은 한국에서 서울대 예체능계 지원자들이 가장 많이 읽은 책 열 권에 선정되기도 했다.* 실제로 '달과 6펜스+논술'을 포털사이트에 검색하면 꽤 많은 글이 보인다. 많은 논술 수업에서 학생들에게 《달과 6펜스》를 읽히고, '비도덕적이고 이기적이지만, 위

* 이우희, "서울대 지원자 도서 베스트 20 '반면교사로 수용해야'", 〈베리타스알파〉, 2016.5.10.

대한 예술가를 어떻게 바라봐야 할 것인가'를 묻는다. 하지만 이는 추상적인 논의에 불과하나. 더 많은 비평과 토론이 이뤄져야 할 부분은 《달과 6펜스》의 여성혐오적 요소 그리고 실존했던 예술가의 성 착취 행적을 오늘의 관점에서 어떻게 비판적으로 성찰할 것인가이다.

미투, 그 이후

한국의 미투 운동, 특히 '○○계 내 성폭력' 고발로 예술 부문에서 수많은 남성이 일상적으로 성폭력을 저지르고 있다는 점이 알려진 상황에서 《달과 6펜스》를 이전과 같이 무비판적으로 읽기는 더더욱 어려워졌다. 한국의 남성 예술가들은 '방종'이 예술가의 특권으로 인정되는 환경과 좁은 업계 내의 권력관계를 토대로 성폭력을 저질러왔다. 교수가 제자를, 감독이 배우를, 성인이 미성년자를 억압하고 착취하면서도 전혀 제재받지 않았다는 사실이 드러났다.

미투 운동은 혁명에 가까웠다. '거목'이, '스승'이, '천재'라 불리던 이들이 성범죄자로 전락했다. 이제 우리 사회는 과거에 예술가의 '기행'이나 '일탈'로 여겨지던 행위를 명확하게 폭력으로 인지하는, 누구도 그 폭력을 참아야 한다고 감히 말하지 못하는 사회로 거듭났다. 이는 용기 있는 고발자들이 수많은 고통과 2차 가해 속에서도 기어코 만들어낸 '새로운 세상'이다. 이 새로운 세상에서 '성범죄자 예술가의 작품을 어떻게 평가하는 것이 온당한가', '어떤 작품이 한 인간의 인생보다 더 가치 있다고 말할 수 있는가'라는 근본적인 물음이 이제 막 제기되고 있다.

이전으로 돌아가기는 어렵다. 남성 창작자를 볼 때 '저 사람은 문제없을까'라는 생각이 먼저 든다고 호소하는 이들이 많다. 실제로 미투 고발이 일어나던 당시에 '○○○, 너마저'라며 절망을 느꼈던 경우가 허다했기 때문이다. '남성이라는 사실이 리스크 그 자체'라는 말까지 나왔다. 이제 남성 예술가는 두 가지 유형으로 분류할 수 있다. 여성을 착취하는 예술가와 착취하지 않는 예술가. 그리고 우리 사회는 비로소 전자의 이름 앞에 '가해자'라는 이름을 붙였다. 당신은 누군가에게 명백한 피해를 끼친 사람이며, 제아무리 당신이 위대하고 독창적인 예술 세계를 갖고 있다고 한들 절대로 정당화될 수 없거나 쉽게 잊히면 안 되는 범죄를 저질렀다고 선언한 것이다.

미투 운동의 정신은 명백하다. '고발하고, 처벌하고, 기록한다.' '사적 일탈'로 여겨지던 일들은 결코 '사적'이지 않은, 공적 권력을 이용한 행위이며, 때문에 철저한 평가 대상이 되어야 한다는 점을 강조한 것이다. 앞으로 남성 예술가들의 작품 옆에는 그들이 여성과 어떻게 관계 맺어왔고 여성을 이렇게 재현했는지에 대한 평가가 꼬리표처럼 따라다닐 가능성이 크다.

미투 이후의 세상에서 《달과 6펜스》는 어떤 의미를 가질까? 새로운 세상을 살아가는 독자들이 이런 서사를 납득할 수 있을까? 가해자 남성을 비판적으로 그리기는커녕 오히려 피해자인 여성들을 '6펜스'라는 속물로 그리는 이 소설이 '고전'으로 읽히는 상황을 대체 후대에 어떻게 이해시킬 수 있을지 나는 잘 모르겠다.

권위에 대한 더 많은 도전

소위 '명작', '고전'을 대상으로 하는 비판적 논의는 쉽지 않다. 이미 수많은 작가와 학자가 찬사를 남기는 바람에 작품 비판이 곧 작가와 학자의 권위에 도전하는 일로 여겨지기 때문이다. 그래서 더욱 무비판적으로, 어떠한 저항도 없이 계속 읽힌다. 문제는 그러한 사실이 《달과 6펜스》가 수호했던 남성 예술가들의 '논리'를 우리 사회에 계속 퍼트리는 부작용을 낳는다는 점이다. 앞서 밝혔듯 《달과 6펜스》는 단순한 '픽션'으로만 존재하는 것이 아니다. 우리는 이 소설이 고갱의 성 착취와 비도덕적 행위를 '천재성'과 '비타협성'으로 덮었다는 사실을 간과해서는 안 된다. 이 소설의 인기로 말미암아 전 세계적으로 '예술가'의 표상이 굳어졌고, 그 표상 속에서 남성 예술가들이 타인을 착취할 자유의 '근거'를 찾았기 때문이다.

그래서 《달과 6펜스》는 현재진행형으로 다룰 수밖에 없다. 소설에 담긴 '예술가의 표상'은 미투 운동으로 인해 한 번 깨졌지만, 관성의 힘과 권위와 권력을 가진 (어쩌면 운 좋게 미투를 피해 간) 남자들의 힘은 여전히 너무나 강하다. 또한 조금이나마 훼손된 그 힘을 되찾으려는 시도, 즉 정치적 올바름에 대한 비판이나 페미니즘에 대한 공격 등 백래시는 멈출 기세가 보이지 않는다. 때문에 《달과 6펜스》 비평은 남성들이 만들고 키워온 신화를 깨부수느냐 아니면 그저 받아들이느냐가 초점이 될 수밖에 없다. 읽을 가치가 없다거나 읽지 말아야 한다는 것이 아니다. 《달과 6펜스》가 하나의 헤게모니임을 인식하고 더 많은 '외적 맥락'에 주목해야 한다는 것이다.

나는 《달과 6펜스》가 우리가 얼마나 폭력적이고 남성 중심적인 사회에 살았는지, 동시에 그 속에서 남성 예술가들이 어떤 권력을 누리면서 타인을 착취해왔는지를 이야기해주는 하나의 기록물로 남았으면 한다. 동시에 여성을 착취하지 않고 비윤리적인 행위를 하지 않고도 얼마나 좋은 예술을 할 수 있는지, 남성 예술가의 '천재성'이 어떤 과정을 거친 결과물인지도 계속 이야 기할 필요가 있다고 본다.

2019년에 개봉되어 세자르상의 권위에 생산적 균열을 낸 영화 〈타오르는 여인의 초상〉은 1919년에 나온 《달과 6펜스》와 대립항을 이루는 작품이다. 주인공들이 기존의 질서와 인습에 도전한 것은 동일하지만, 그 과정은 전혀 다르다. 〈타오르는 여인의 초상〉은 남성 예술가의 광기와 비도덕성이 아니라 여성 예술가의 사랑과 연대를 그린다. 스트릭랜드가 그림을 위해 자기 주변을 착취했다면, 마리안느(노에미 메를랑)는 대상을 아끼고 이해한다. 마리안느가 망치는 것은 오로지 자신의 '관습적인' 그림뿐이다.

스트릭랜드는 그림의 모델이 된 여성을 '영감'으로만 활용했다. 그러나 화가인 마리안느와 모델인 엘로이즈(아델 에넬)는 서로를 응시하고 관찰한다. 종주국과 식민지의 격차, 그 안에서의 억압적 행태를 '예술가의 삶'으로 그린 《달과 6펜스》와 달리, 〈타오르는 여인의 초상〉은 남성 권력이 작동하지 않는 환경에서 하녀 소피와 귀족인 엘로이즈 그리고 화가 마리안느가 평등하게 지내고 그 안에서 예술 작품을 만드는 과정을 보여준다.

〈타오르는 여인의 초상〉의 전복적 성격은 그리스 신화에 나오는 '오르페우스 이야기'를 뒤트는 데서도 선명하게 드러난다. 음유시인이었던 오르페우스는 아내 에우리디케가 뱀에 물려 죽자 그를 이승으로 데려오기 위해 저승에 찾아가고, 노래와 리라 연주로 저승의 신들을 감동시킨다. 결국 저승의 왕 하데스는 에우리디케를 돌려준다. 다만 저승을 빠져나가기 전까지 절대로 뒤를 돌아봐서는 안 된다고 강조한다. 하지만 오르페우스는 지상(이승)으로 나가는 출구 앞에서 에우리디케를 돌아봤고, 결국 에우리디케는 다시 저승으로 돌아간다. 아주 유명한 이야기다.

마리안느는 오르페우스 이야기를 두고 "연인이 아닌 시인의 선택을 한 거다"라고 말하는데, 이에 엘로이즈는 "여자가 '뒤돌아봐요'라고 말한 걸 수도 있죠"라고 답한다. 이야기의 주인공을 에우리디케로 바꾼 것이다. 신화나 예술 작품의 주체가 여성이 될 수 있다는 점 그리고 이를 위해 '적극적 해석'이 필요하다는 점을 강조한 장면이다.

이러한 서사를 영화로 완성한 이들이, '스트릭랜드의 후예'가 여전히 떵떵거리면서 온갖 영광을 가져가는 모습을 가만히 지켜보지 못하는 것은 어쩌면 당연한 일이다. 미투 운동을 주도한 여성들 입장에서는 불평등과 착취를 기반으로 만들어지는 남성들의 예술뿐 아니라 그것에 무한한 권위를 부여하는 권력 역시 타파 대상이다. 그들에게는 폴란스키를 수상자로 선정한 세자르상 시상식이 예술의 진리와 가치를 지키기는커녕, 다시금 여성을 예술에서 '도구'의 위치로 몰아내려는 극도의 여성혐오로 이거질 수밖에 없었다.

고갱 그리고 플로라 트리스탕

프랑스 아카데미와 폴란스키가 스트릭랜드와 고갱의 후예라면, 〈타오르는 여인의 초상〉의 감독과 제작진 그리고 배우들은 플로라 트리스탕의 후예처럼 보인다. 플로라 트리스탕은 19세기 초에 살았던 사회주의 페미니스트이자 고갱의 외할머니였다. 고갱은 플로라 트리스탕을 우상으로 삼았고, 그에게 상당한 영향을 받은 것으로 알려졌다. 고갱의 삶이 플로라 트리스탕과 전혀 달랐다는 점이 문제긴 했지만 말이다.

플로라 트리스탕은 프랑스에서 어머니와 매우 곤궁하게 살다가 앙드레 샤잘이라는 판화가와 반강제적으로 결혼했다. 그는 남편에게 학대와 살해 위협까지 받으면서 도망 다니는 등 고통스러운 삶을 산다. 그럼에도 좌절하지 않고 세계 곳곳을 돌아다니며 글을 쓰다가 런던에 방문한 뒤 그곳에서 목도한 자본주의의 문제점을 신랄하게 비판하는 《런던 산책*Promenades in London*》을 펴낸다. 이후 사회주의 운동에 뛰어들었고 여성해방을 주창하기도 했다. 트리스탕은 인류를 단결시킬 유일한 수단으로 '여성과 남성의 평등 원칙'을 강조했다고 한다.* 여성에게 노동할 권리와 교육받을 기회를 제공하자는 주장이 대표적이다. 스트릭랜드 같은 '남성 예술가'의 정 반대편에서 자신만의 이야기를 써 내려간 인물이 바로 트리스탕이다.

스트릭랜드와 고갱, 마리안느와 트리스탕. 어느 쪽이 이 시대가 원하는 '예술 정신'에 가까운지는 명백하다. 100년 전 책에 머무를 것인가 아니면 그것을 뛰어넘고 전복해서 새로운 시대를 열 것인가. 《달과 6펜스》가 우리에게 남긴 과제다.

---

* 장석준, "'만국의 노동자여, 단결하라!" 처음 외친 그녀는…", 〈프레시안〉, 2013.10.10.

그 여자를 찾아내 퇴치하라

_레이먼드 챈들러, 《안녕 내 사랑》*

김용언

영화 전문지 《키노》, 《필름2.0》, 《씨네21》과 장르문학 전문지 《판타스틱》, 온라인 서평 전문지 《프레시안 books》에서 10여 년간 기자 겸 편집자로 일했다. 저술 활동과 더불어 《코난 도일을 읽는 밤》, 《내게는 수많은 실패작들이 있다》, 《죽이는 책》 등을 우리말로 옮겼다.

* 레이먼드 챈들러, 《안녕 내 사랑》, 박현주 옮김, 북하우스, 2004.

1

　1920년대 미국에서 처음 등장한 하드보일드(그리고 누아르)라는 미스터리 내 서브 장르는 그전까지 영국 작가군이 이끌던 정교하고 화려한 수수께끼 풀이 위주였던 미스터리의 주된 흐름을 단숨에 바꿨다. 1차 세계대전이 끝나고 처음 출현하여 2차 세계대전과 그 직후의 혼란스러운 시대를 풍미했던 하드보일드의 가장 중요한 특징은, 19세기의 연장선상 같았던 20세기 초의 유유자적하고 느슨한 분위기에서 벗어나, 격변의 시기를 참전이라는 형태로 경험한 남성들의 고통스러운 트라우마를 작품의 주제로 끌어들였다는 데 있다. 그럼으로써 하드보일드는 이전 시대와 완전한 단절을 추구했다.

　참전 용사를 지배한 감정은 갖가지 형태의 죽음을 목격한 후의 충격, 삶의 허무함, 자신이 도구로 사용되었다는 데서 오는 불쾌감 등이었다. 때문에 전쟁이 끝난 후 지칠 대로 지진 채 귀국한 남성들은 다시금 예전의 평온한 삶으로 돌아갈 수 있기를 간절히 바랐다. 하지만 전쟁과 함께 사회도 빠르게 바뀌었다. 무엇보다 여성들에게 급진적인 변화가 일어났다. 남성들이 참전한 사이, 그전까지 주로 가정에 머물러 있기를 권고받던 여성들이 직장의 빈자리를 채우기 시작했다. "수많은 미국 여성들은 기술을 배웠고, 새로운 직무를 수행했고, 군복을 입거나, 이른 나이에 결혼하거나, 성적 자유에 몰두하거나, 집에서 수백 마일의 거리를 떠나면서, 국가적이며 전 세계적인 광대한 위기 속에서 새로운 직무를 수행했다." 전쟁은 끝나갔지만, 자신의 경제력과 부양 능력을 확인한 여성들은 그들이 차지한 자리에서 순순히 물러날 생각이 없었다. "대중문화부터 사회적 논평, 정치 지도부에 이르기까지 권위 있는 목소리들이 여성들에게 '참전 용사들에게 일자리를 주어야 하니 당신들은 집으로 돌아가라'고 촉구했다. 다수의 여성이 일하던 자리는 전쟁 전 젊은 남성들의 일자리가 아니었고, 대부분의 참전 용사들이 전쟁 이전인 1930년대에 정규 임금을 받으며 일한 것도 아니었는데 말이다. 여성 노동자들을 대상으로 한 무수한 조사와 설문의 결과에 따르면 대다수의 여성은 전쟁

그 여자를 찾아내 퇴치하라

전의 고용 상태로 돌아가기보다 노동 인구로 남고 싶어 했다."*

참전 용사들은 일하는 여성, 타인 앞에 나서서 매력과 능력을 수줍음 없이 과시하는 여성, 남성과 대등하게 맞서거나 심지어 대적하려는 여성이라는 새로운 유형의 여성을 맞닥뜨리고 당혹스러워했다. 그리고 돈과 힘을 직접 갖고자 하는 여성들에게 점점 분노하기 시작했다. 하드보일드 작가들은 이 젊은 남성과 여성 사이의 대립과 긴장 관계를 재빠르게 포착했다.

미국 하드보일드 소설 속 탐정들은 자조의 대명사인 근면 성실한 자영업자이자 노동자다. 그들은 대개 가난했고, 탐정 업무 의뢰가 들어오지 않으면 쫄쫄 굶어야 했지만, 일단 일을 맡으면 직업적 자존심을 지키며 임무를 완수하고자 했다.** 그들이 맡는 사건들은 대부분 어떤 여자가 사라지거나 살해되면서 시작한다. 그래서 이후 전개는 '그 여자를 찾아라cherchez la femme'라는 명제를 따라간다. 가난하고 자존심 강한 하드보일드 탐정들이 밝혀내는

* Melissa A. McEuen, "Women, Gender, and World War Ⅱ", Oxford Research Encyclopedias, 2016.6.9. https://doi.org/10.1093/acrefore/9780199329175.013.55

** 영국이 주로 만든 고전적 미스터리 속 탐정들은 귀족 혹은 지식인, 부르주아 계층이다. 즉, 이들은 탐정 일이 직업이기보다는 취미일 정도로 먹고사는 문제에 큰 구애를 받지 않은 채 지적 활동에 집중할 수 있는 사람들이었다.

바에 따르면, 살해되었건 실종되었건 그 여자들은 자신의 '죄' 때문에 그런 범죄 상황에 처한다. 또한 살아 있을 때 가난했건 부유했건, 그 여자들은 누군가의 재정적 보호를 받거나 누군가의 재정을 갉아먹는 존재였다는 사실이 밝혀진다. 결백하지 못한 아름다운 여성들은 '팜므 파탈femme fatale'이라 명명되었다. 탐정이 일단 '그 여자'를 찾아내면, 이 죄 많은 팜므 파탈들을 어떻게든 퇴치하거나 순응시킬 방법부터 찾아내야만 한다. 사건은 이 과정에서 부수적으로 해결된다. '그 여자를 찾아라, 그다음 그 여자를 퇴치하라'의 구조를 취하는 것이다.

현재 가장 영향력 있는 누아르 작가로 꼽히는 메건 애벗은 "만약 당신이 유해한 백인 남성성을 이해하고자 한다면, 누아르에서 많은 것을 배울 수 있을 것이다"라고 썼다. "미국의 백인 남성들이 누리던 삶은 처음에는 대공황 때문에, 그다음에는 전쟁 때문에, 그다음에는 그들이 나가서 싸우는 동안 자신들의 자리를 대체한 여성들 때문에 파괴되었다. 누아르는 이런 분위기 속에서 만개했다. 탐정, 형사, 짭새 등 백인 이성애자 남자들의 이야기는 자신들이 적법한 권력의 자리에서 축출되었고 여성에게 근본적으로 위협당한다면서 여성을 전능한 위치에 올려둔다. 그런 다음, 이 백인 이성애자 남자들이 저질렀던 온갖 악행의 원인을 여성들에게 돌린다. 누군가를 죽이고 은행을 털었던 모든 짓이 팜므 파탈이 조종했기 때문에 벌어졌다는 것이다. 이 누아르 소설들은 침입에 대한 격분과 여성의 힘을 저지하겠다는 분노로 끓어오른다."*

2

하드보일드 누아르의 대명사와도 같은 레이먼드 챈들러의 '필립 말로 시리즈'도 위의 전개에서 크게 벗어나지 않는다. 여기서는 시리즈의 두 번째이자 가장 유명한 작품인《안녕 내 사랑》을 중점적으로 살펴보고자 한다. 이 작품은 조금씩 다른 팜므 파탈만 줄줄이 열거하는 게 아니라 팜므 파탈의 대척점에 있는 (것처럼 보이는) 여성을 등장시켜 두 타입의 여성을 끊임없이 비교한다는 점에서 다른 하드보일드 누아르와 차별화된다. 그러나 사악한 기식자寄食者로서의 팜므 파탈과 건전하고 똑똑하며 제대로 된 가정을 꾸릴 자격을 갖춘 여성의 대조는 겉으로 보이는 것처럼 그렇게 단순한 이분법으로 흘러가지 않는다. 오히려 주인공

* Megan Abbott, "The Big Seep: Reading Raymond Chandler in the age of #MeToo", Slate, 2018.7.9. https://slate.com/culture/2018/07/raymond-chandler-in-the-age-of-metoo.html

필립 말로는 두 유형의 여성을 모두 거절하고 푸닥거리함으로써 여성에 대한 배타적인 태도를 굳게 견지한다.

《안녕 내 사랑》의 줄거리는 다음과 같다.* 한 달째 제대로 된 사건을 수임하지 못한 필립 말로는 흑인 거주자들의 비중이 높은 거리에서 특이한 외양의 사내를 목격한다. '하얀 카스텔라 조각 위에 올라앉은 타란툴라 거미'처럼 눈에 띄는 거구의 백인 사내는 플로리안 식당에 들어가 그곳에서 노래를 부르던 '귀여운 벨마'를 찾는다. 벨마 발렌토는 사내의 애인이었는데 그가 은행털이로 체포되어 감옥에 들어간 뒤 자그마치 8년 동안이나 소식이 끊긴 상태였다. '무스moose, 큰 사슴' 맬로이라고 스스로를 소개한 남자는 식당 주인에게 벨마의 행방을 캐묻다가 싸움에 휘말려 우발적으로 그를 죽이고 달아난다. 얼결에 그 현장에 있다가 살인 사건의 증인이 된 말로는, "무보수 사건이라도 기분 전환은 될 터였다"(33)라고 생각하며 호기심을 이기지 못하고 무스 맬로이의 사연을, 더 정확하게는 '귀여운 벨마'의 행방을 캐기 시작한다. '그 여자를 찾아라.'

말로는 플로리안 식당 옛 주인의 미망인 제시 플로리안을 찾아간다. 제시는 무스 맬로이를 두려워하는 게 분명한 눈치인데, 한

---

* 미스터리 소설의 특성상, 작품을 자세하게 논하려면 어쩔 수 없이 범인의 정체를 밝혀야 한다. 이 글에서도 《안녕 내 사랑》의 범인이 드러날 예정이다.

편으로는 벨마의 사진을 감춰놓고 말로에게 보여주지 않으려 애쓴다. 같은 날, 말로는 린지 매리엇이라는 남자에게서 또 다른 사건을 의뢰받는다. 상류층 부인이 보석 목걸이를 도둑맞았는데 강도단과 돈, 목걸이를 교환하기로 한 자리에 경호원으로 함께 가달라는 내용의 의뢰였다. 하지만 약속 장소에서 말로가 누군가에게 구타당해 정신을 잃은 사이, 매리엇이 살해당한다. 마침 지나가던 여성 앤 리오단이 말로에게 접근해 자신이 경찰의 딸이자 프리랜서 기자임을 밝히면서 목걸이 주인의 정체가 늙은 백만장자의 젊은 부인 헬렌 그레일이라는 정보를 준다. 그리고 말로는 매리엇의 주머니에서 수상쩍은 심령 상담사 줄스 앰소의 명함을 발견한다.

헬렌 그레일은 처음 만난 자리에서 곧장 말로를 유혹한다. 그 자리를 빠져나온 말로는 심령 상담사 앰소를 찾아가 죽은 매리엇과의 관계를 캐묻다가 무자비하게 폭행당하고, 심지어 앰소에게 호출된 경찰들에게 인계되어 기묘한 사설 치료소에 끌려가 마약 주사를 맞은 채 감금된다. 가까스로 탈출하는 과정에서, 말로는 그 치료소의 어느 방에 태평하게 누워 있던 무스 맬로이의 모습을 언뜻 목격하고, 치료소에서 가까운 앤 리오단의 집을 찾아간 후 정신을 잃는다.

뒤이어 제시 플로리안에게 매달 돈을 챙겨주던 사람이 린지 매리엇이었다는 사실이 밝혀지고, 말로는 담당 형사 랜들과 함께

제시의 집을 다시 찾아가지만, 늙은 여인의 시체만이 그들을 맞이할 따름이다. 시체에 남은 흔적은 범인의 정체가 다름 아닌 무스 맬로이라는 사실을 명백하게 드러낸다. 말로는 무스 맬로이를 끌어내기 위해서는 이 지역을 쥐락펴락하는 강력한 세도가 레어드 브루넷을 만나야 한다고 생각한다. 그 과정에서 전직 경찰 레드가 말로를 돕는다.

레어드 브루넷과 모종의 담판을 지은 말로는 귀가하여 무스 맬로이를 맞을 준비를 한다. 그리고 헬렌 그레일도 집으로 초대한다. 무스 맬로이가 조용히 엿듣고 있는 걸 의식한 채, 말로는 헬렌에게 린지 매리엇 살인 사건을 다시금 되짚으며 이상했던 지점들을 하나하나 짚어나간다. 그리고 린지를 죽인 사람이 헬렌이었다고 지적한다. 그러자 무스 맬로이가 모습을 드러내고, 그의 '귀여운 벨마'에게 인사를 건넨다. 헬렌은 그에게 총을 쏘고 달아나고 맬로이는 숨을 거둔다. 몇 달 후 숨어다니던 헬렌이 기어이 발각되어 자살했다는 소식이 전해진다. '그 여자를 퇴치하라.'

3

언뜻 보면 《안녕 내 사랑》은 헬렌 그레일/벨마 발렌토와 앤 리오단이라는 여성을 양극단에 배치한 채, 강직한 남성 탐정 필립 말로가 팜므 파탈 헬렌 그레일(배드 걸)을 처단하고 정숙하고 건전한 앤 리오단(굿 걸)을 선택하는 이야기 같다. 그런데 거듭 읽을수록 또 다른 인상이 피어오른다. 필립 말로는 각 유형의 여성들이 약속하는 행복의 영역에 전혀 관심이 없다. 그는 남자들에게, 그것도 자신과 비슷한 '상처'를 품은 남자들에게 끌린다. 다양한 남자들 사이에서 동성애적 욕망인 호모섹슈얼과 남성 간 연대인 호모소셜 사이를 애매하게 오가는 말로는, 여성들에 대해서만큼은 각자의 개성에 상관없이 거절과 불신의 의사를 단호하게 전달한다.

헬렌 그레일/벨마 발렌토부터 시작해보자. 일인칭 화자 필립 말로의 시점으로 전개되는《안녕 내 사랑》에서 헬렌이 실물로 등장하는 건 단 두 번에 불과하다. 심지어 목소리로나마 짧게 등장하는 장면도 두 번밖에 없다. 그 외에는 무스 맬로이, 제시 플로리안, 앤 리오단, 랜들의 대사를 통해서만 재현된다. 무스 맬로이는 '남자들이 재미를 볼 수 있는 귀여운 방'이 있던 플로리안 식당에서 노래를 부르던 벨마를 '레이스 속옷'처럼 귀여웠던 '빨강머리'라고 묘사하며, "경찰들이 나를 옭아넣었을 때 우리는 막 결혼하려던 참이었는데"(19)라고 회상한다. 제시 플로리안은 여기에 '멋진 다리를 가진 데다가 아낌없이 보여줬'던 '헤픈 계집애'

라고 덧붙인다.

분명히 해두어야 할 것은 우리가 이 인물의 본명을 알지 못한다는 사실이다. 도움받을 일가친척 없이 싸구려 술집에서 댄서 겸 가수로 일하던 어린 여성, 살아남기 위해 무슨 짓이라도 해야 했던 이 어린 여성이 본명을 썼을 리는 없다. 심지어 헬렌 그레일/벨마 발렌토의 사진마저, 가장 확실한 시각적 기록이라고 여겨지는 사진마저 가짜*로 밝혀지며, 이 여성의 정체는 더한층 혼란스러워진다. 말로는 제시 플로리안이 가진 벨마 발렌토의 옛 (가짜) 사진을 빼앗아 유심히 들여다본다. 사진 속 벨마는 '검은 술이 달린 하얀 고깔모자'와 '피에로 의상'을 착용하고 있으며, "점심시간에 중심가로 나가보면 얼마든지 볼 수 있다"(53)는 말로의 말에서 알 수 있듯 '조립 공장에서 찍어낸 것 같은' 그렇고 그런 미인이었다. (실제로는 벨마가 아닌) 이 평범한 미인의 얼굴을 잘 기억해둔 말로는, 그렇기 때문에 신문에 실린 '현재' 헬렌 그레일의 사진을 마주했을 때 벨마와 헬렌이 동일 인물이라는 사실을 깨닫지 못한다. 그렇게 헬렌/벨마는 자의로든, 타의로든 이름과 정체성을 자꾸 바꾸어 타인의 시야에서 비켜 가며 효과적

---

* 제시 플로리안이 갖고 있던 벨마의 사진이 가짜였다는 사실은 한참 뒤에 밝혀진다. 상류층 귀부인 헬렌 그레일로 살던 벨마의 비밀을 지켜준다는 명목하에 린지 매리엇이 몰래 바꿔치기한 것이다.

으로 달아난다. 말로를 비롯한 인물들은 같은 여성에 대해 이야기를 나눈다고 여기지만 사실은 그렇지 않았던 것이다. 헬렌 또는 벨마, 본명을 알 수 없는 그 여성.

그런데 벨마 발렌토는 어떻게 헬렌 그레일로 신분 세탁을 한 걸까? 나이가 지긋한 병약한 백만장자 르윈 그레일은 자신의 방송국 직원으로 일하던 헬렌에게 홀딱 반해, 헬렌이 벨마라는 이름으로 클럽에서 일했던 불우한 과거가 호사가들의 입에 오르내리지 않게끔 일부러 유럽에 가서 결혼식을 올렸다. 그러나 그레일이 가십거리를 찾아다니는 이들에게 헬렌의 옛 이름을 비롯해 결혼식 시간과 장소까지 철저히 함구했음에도 헬렌의 수상쩍은 사생활에 대한 소문을 완전히 감출 수는 없었다. 말로는 헬렌에 대한 정보를 사교계 전담 기자에게서 물어온 앤 리오단의 이야기를 듣고는, "요새는 사교계의 고상한 부인들도 다 싸구려 매춘부처럼 말하오"라고 불퉁거린다. 리오단도 "모르긴 몰라도 (…) 아마 그런 부인들 중 몇 명은 매춘부 출신일 걸요"(137)라고 맞장구친다. 헬렌은 겉보기만큼 우아한 상류층 여성일 리가 없다(는 말로의 확신). 심지어 말로는 헬렌과 전화 통화를 마친 후 '존재하지 않는 누군가와 이야기를 나누었던 것 같은 기이한 느낌'에 사로잡힌다. 형사 랜들에게 벨마/헬렌의 사진을 보여주기 위해 양복 주머니에 손을 넣었을 때는 사진이 그 자리에 있는데도 '허공을 휘젓는 듯 이상하고 텅 빈 느낌'을 받는다.

'그 여자를 찾아라'라는 주문을 따라 얼굴도 본명도 모르는, 그저 '귀여운 벨마'라고 불렸다는 사실만 남긴 채 8년 전에 자취를 감춘 여자를 뒤쫓는 모험은 끝내 너무나 많은 시간과 노력과 타인의 생명을 바친 피투성이 여정이었음이 밝혀진다. 그건 결국 허상을, 허깨비를 쫓는 모험이었다. '필립 말로 시리즈'는 수많은 이가 지적하듯 중세 기사가 성배를 찾아 헤매는 모험담을 연상시키는 이야기*인데, 《안녕 내 사랑》에서는 아예 '그 여자'에게 그레일Grayle이라는 이름을 붙여 성배the Holy Grail와의 유비 관계를 노골화한다. 하지만 이 작품의 성배는 중세 기사에게 그랬던 것처럼 고귀하거나 목숨 걸고 지켜내야 할 소중한 무언가가 아니다. 필립 말로의 성배는 전화기 너머 술에 취한 것 같은 탁한 목소리로, 린지 매리엇의 죽음을 불러온 도둑맞은 보석 목걸이로, 가짜 이름으로, 뒤바뀐 사진/얼굴로, 미소만 남은 체셔 고양이로, 종국에는 실재하는 것인지 의심스럽기조차 한 무스 맬로이의 기억 속에 고착된 판타지로 구현된 허깨비다. 말로가 빙 돌아가는 긴 추적 끝에 마침내 출발점으로 돌아와 헬렌의 정체, 즉 헬렌이 '귀여운 벨마'였다는 사실을 밝혔을 때, 아슬아슬하게나마 유지되던

---

* 그러나 필립 말로로 대표되는 현대의 기사는 성배에 다다르지 못한 채 패배를 거듭하며 상처받는 존재다.

성배의 이미지마저 산산조각 난다. 헬렌은 체포되기 직전 권총 자살을 감행하는데, "그녀의 머리는 이미 누더기처럼 축 늘어져 버렸다".(424) 다시 한번, 산산조각 난 성배. 말로는 '그 여자'를 찾아 나섰지만, 결국은 '그 여자'가 떠난 곳에 가닿지 못했다. "하늘은 아주 맑았다. 아주 멀리까지 내다볼 수 있는 날이었다. 하지만 벨마가 간 곳만큼 멀리까지는 아니었다."(427)

조금 더 깊이 들어가 레이먼드 챈들러가 헬렌을 어떻게 묘사하는지 살펴보자. 말로가 호화로운 대저택에서 헬렌 그레일을 처음 마주하는 이 대목은《안녕 내 사랑》에서 가장 자주 언급되는 장면이기도 하다. 말로는 미모와 성적 매력을 지닌 헬렌에 대한 매혹과 혐오가 뒤섞인 감정을 감추지 않는다. 헬렌이 거리낌 없이 내보이는 '포식자' 면모, 자신의 남성성을 위협하거나 혹은 능가하는 듯한 헬렌의 '과도한 여성성'에 대한 말로의 반발심은 분명하다. 헬렌은 말로가 보는 앞에서 "다소 조심성 없게 다리를 꼬았다".(182) 예의 바르게 인사를 마친 뒤에는 구석에 앉은 늙은 남편에게 "말로 씨에게 술 한 잔 만들어드리세요"(181)라고 지시하며, 종국에는 "이 일에 신경 쓰실 필요가 있겠어요, 여보?"(182)라고 말하며 동석한 앤 리오단과 남편을 모두 방 밖으로 내보낸다. 대부분은 남성 간의 교제에서 여성이 배제되곤 하지만, 헬렌 그레일은 그 관계를 역전시키는 것이다.

술이 꽤 세다고 자부하는 말로조차 '위스키 잔이 흔들리지 않도록 잔을 잡으려고 애쓰며' 날을 이어가야 할 정도로 많이 마신 상태임에도, 헬렌은 "어떤 물에도 끄떡없는 볼더 댐처럼 술을 마시고도 끄떡없었다"(191)고 말로가 혀를 내두를 정도로 위스키를 쉬지 않고 들이켠다. 그러고는 "술 마시면서 점잔 빼는 것은 집어치우죠 (⋯) 이 일을 같이 얘기해보도록 할까요"(183)라며 탐정 일로 돈이 되냐는 첫 질문을 던진다. 둘이 손을 맞잡았을 때도 기싸움이 이어진다. 이 장면은 취기를 빙자한 에로틱한 성적 도발이 아닌 두 싸움꾼이 같은 자리를 맴돌며 벌이는 힘겨루기 같은 인상을 준다. 말로는 헬렌의 강한 악력을 느끼며 "그녀는 건강한 체격의 여자로 종이로 만든 꽃 따위가 아니었다"(194)라고 평하고, 헬렌 역시 손을 빼고 나서 문지르며 "손운동을 꽤 하나 봐요. 남는 시간에 말이죠"(195)라며 말로의 힘을 높이 평가한다. 탐색전이 끝나고 나서야 헬렌은 비로소 말로에게 키스해달라고 요구한다. 가난한 노동자의 강력한 남성성을 확인한 다음에야 성애적 접촉을 허용하는 것이다. "그녀의 입술에 가까이 다가가자 입은 반쯤 벌어져 불타고 있었고 혀는 이 사이에서 뱀처럼 낼름거렸다."(196) 말로는 키스를 나누는 순간조차 성적 흥분보다는 마치 '잡아먹히는' 듯한 꺼림칙한 기분에 사로잡힌다. 그 순간 밖에 있던 남편 그레일이 문을 열고 들어오다가 둘의 키스 장면을 목격

그 여자를 찾아내 퇴퇴하라

하고는 슬픈 표정으로 다시 나간다. 말로는 '가난뱅이의 주머니를 턴 기분'에 사로잡혀 스스로에게 역겨움을 느끼지만, 헬렌은 키스하느라 벌린 입을 다물지 않은 채 '반쯤은 꿈꾸는 듯한, 반쯤은 조소하는 듯한 표정'을 짓고는 남편을 신경 쓰지 않아도 된다며 말로를 타박한다. 그러자 말로는 '신경질적인 여자는 질색'이라며 되레 신경질을 부린다.

말로가 헬렌의 옷차림을 묘사하는 대목도 중요하다. 그는 '하나하나가 육 캐럿 정도 나가고 정교하게 조각된 구슬 육십 개로 된 목걸이' 도난 사건 때문에 헬렌 그레일과 연결되었다. 헬렌을 처음 만났을 때는 '남자 디자이너가 특별히 디자인해주었을' 법한 느낌이 물씬 나며 '목 부분의 다이아몬드 버클'이 달린 맞춤옷에 주목한다. 두 번째(이자 최후로) 만났을 때는 '목이 높은 흰 여우털 야회복 망토'에 '달랑거리는 에메랄드 귀고리'를 곁들인 화려한 외출복을 주시한다. 복잡한 구조 속에 수많은 인물이 등장하는 미스터리 소설에서, 새로운 인물이 등장할 때마다 독자가 기억할 수 있도록 그 외양의 특징을 카메라로 훑듯이 묘사해서 알려주는 방식은 꽤 널리 퍼진 작법인데, 레이먼드 챈들러의 필립 말로는 그중에서도 상당히 예민하게 옷차림과 외모를 따지는 편이다. 그는 과도한 부와 방탕하고 부도덕한 삶의 양태를 드러내는 피부, 눈빛, 말투 등에서 날카롭게 비판할 거리를 찾아낸다. 안락하고 호사스러운 삶을 누리는 헬렌은 말로에게 '낼름거리는 혀'를 가진 뱀파이어처럼 비친다. 타인의 돈을, 타인의 생기를 그리고 타인의 사랑을 훔쳐서 자신의 삶에 투자하는 뱀파이어 말이다. 백만장자와의 결혼이라는 일생일대의 행운을 거머쥔 여자가 그 부를 누리는 것은 말로에게 도둑, 기식자의 생활과 다를 바 없다. 작가 손 매캔이 지적하듯, "챈들러의 소설 속 가장 악랄한 캐릭터는 생산하지 않는 계층의 데카당트한 엘리트들이다. 유사한 의미를 가진 존 듀이의 용어를 따르자면 '타인의 육체와 노동을 지배함으로써 대리 행동하는' 사람들 말이다. 듀이뿐 아니라 챈들러에게도, 그런 사람들은 그저 착취를 일삼기 때문에 불쾌한 존재인 것이 아니다. 노동 없는 이득이라는 개념, 더 근본적으로는 사회적 소외라는 개념이 그들에게 극단적으로 악하기 때문이다."*

현대사회는 노동자가 자신의 능력과 소질을 온전히 창의적으로 사용하도록 내버려 두지 않는다. 챈들러는 이 소외의 현상을 비판적으로 바라보면서 타인의 노동과 노력을 '대리' 사용하여 자신의 쾌락과 소비에만 집중하는 상류층 여성의 데카당트

* Sean McCann, *Gumshoe America: Hard-Boiled Crime Fiction and the Rise and Fall of New Deal Liberalism,* Duke University Press Books, 2000, p. 153.

그 여자를 찾아내 퇴치하라

한 삶을 '악'으로 표현하고자 했다. 하드보일드 작가들이 포착했던 동시대 참전 용사들의 분노, 특히 자신의 자리를 차지했거나 혹은 자신이 더는 구애하기 힘든 위치로 가버려 자신의 사랑과 욕망을 있는 그대로 받아주지 않는 여성들을 향한 젊은 남성들의 분노와 경멸이, 헬렌을 향한 말로의 복잡한 시선에 투영된 것이라고도 볼 수 있다. "제길, 이 나라에서 남자들이 할 수 있는 일이라고는 아무것도 없다니까. 항상 여자들이 끼어들게 마련이죠."(286)

《안녕 내 사랑》이 출간된 것은 1940년으로 2차 세계대전이 한창이던 시절이다. 말로는 자신을 유혹하는 헬렌에게 남성인 자신이 가진 우월성을 인지시키려 한다. 노동 윤리를 가진 직업인으로서 스스로를 먹여 살리며, 돈 때문에 타인에게 비굴하게 숙이거나 자신을 팔아넘기지 않는다는 자부심으로 똘똘 뭉친 이 남자는 '뱀파이어' 여성에게 내뱉듯 말한다. "나는 가난한 사람이지만 내 앞가림은 내가 하죠."(327) 그러면서 기어이, 남자는 다 마찬가지라는 헬렌의 투정에 "여자들도 다 마찬가지지. 처음 아홉 명 이후에는"*(328)이라고 응수하며 유혹자 헬렌의 자존심까지 긁어놓는다.

---

* 헬렌이 기껏해야 '열 번째 여자'에 불과하다는 식으로 모욕하는 표현이다.

말로에게는 백만장자의 '트로피 와이프'로 살아가는 헬렌의 호화로운 모습만 보였다. 하지만 헬렌에게는 벨마라는 과거가 있었고, 그것을 어떻게든 이용하려는 남자들이 늘 헬렌의 주변을 서성거렸다. 헬렌이 린지 매리엇과 어울리던 시절, 매리엇은 헬렌에게 술을 건넨 후 그녀가 잠들자 '음란한' 사진을 찍고는 은근한 협박을 가했다. '귀여운 벨마'를 찾아다니는 무스 맬로이의 노력 역시 '순정'이라기보다는 스토킹에 가까운 무시무시한 집착에 불과하다(벨마가 무스 맬로이와 연락을 끊었다는 사실이 뭘 뜻하겠는가). 그럼에도 '유능한' 탐정인 말로는 헬렌/벨마가 매리엇과 맬로이를 자기 삶의 오점이자 반드시 제거해야 할 실질적인 위험 요소로 인식할 수밖에 없었다는 것을, 즉 그녀에게 떨쳐내고 싶은 어두운 과거가 있다는 사실을 제대로 보지 못한다.

4

그렇다면 '나쁜 여자'로 몰려 처단당하는 헬렌/벨마의 반대편에 있는 '좋은 여자' 앤 리오단은 어떨까? 앤이 들고 온 헬렌의 사진과 직접 마주 앉은 앤의 얼굴을 번갈아 쳐다보던 말로는 갑자기 앤에 대한 자신의 '감상'을 독자들에게 공유한다. "매력적인 얼굴, 누구라도 곧 좋아하게 될 얼굴이었다. 예쁘긴 하지만 같이 외출할 때마다 남자들이 덤벼들까 두려워 격투 태세를 갖춰야 할 정도로까지 예쁘지는 않은 얼굴."(128) 그러고는 "이런 얼굴이라면 아주 많이 좋아할 수 있으리라. 넋을 잃을 만한 금발 미인들이야 지천에 널렸지만 이런 얼굴은 오랫동안 질리지 않고 볼 수 있는 얼굴이었다"(140)라고 결론 내린다.

그렇지만 말로는 앤에게 끌리는 마음을 절대로 내보이지 않는다. 그는 본래 일반 담배를 피우지만, 앤 앞에서는 파이프에 공들여 담배를 재워 넣는다. "그녀는 신경 쓰지 않는다는 듯 무심히 나를 지켜보고 있었다. 파이프를 피우는 사람들은 성실한 남자들이다. 그녀는 곧 내게 실망하게 될 것이다."(129) 그러고는 앤이 피우던 담배 끄트머리에 립스틱 자국이 묻지 않았다는 걸 눈여겨보며, 여타의 치장에 관심을 기울이지 않는 앤을 명백하게 호감 섞인 어조로 묘사한다. 그는 사설 치료소에서 가까스로 탈출하여 몰골이 엉망이 된 상태에서도 오직 앤의 집 주소를 떠올리며 중얼거린다. "성역이다."(267) 이 혼란스러운 범죄의 한복판에서 앤은 절대적으로 신뢰할 수 있는 품행이 방정하고 착한 여자, 비틀거리면서도 그 빛을 향해 나아가게 되는 등대 같은 여자다.

그러나 앤에 대한 호들갑스러운 경애심과 앤을 과할 정도로 세상의 악으로부터 보호하고자 하는(즉 '나 같은 나쁜 남자'에게서 일부러 떼어놓으려는) 말로의 호의는 앤의 집에서 기이한 방식으로 변형된다. 말로는 앤이 만든 블랙키피와 반숙 계란과 토스트를 모조리 먹어 치운 뒤 편안하게 거실에 앉아 '높다란 청동 장작 받침대가 달린 검은 대리석 벽난로와 널찍한 붙박이 책장들'을 둘러보며, "숙녀의 방다운 것이라고는 전신 거울과 그 앞의 깨끗하게 닦아놓은 바닥 말고는 없었다"(268)라고 평가한다. 헬렌처럼 '과도한 여성성'을 내세우지 않는다는 점이 말로가 앤에게서 가장 높이 사는 장점이다. 그러나 앤이 그를 자신의 집에서 재우고 치료해주고 보살펴주고 싶어 하는 감정을 드러내자 불편함을 느낀 말로는 '성애의 영역'뿐 아니라 '가정의 영역'에서도 벗어나고자 하는 욕망을 숨기지 않는다.

그는 일단 "글만 써서는 이렇게 꾸며놓고 살 수 없겠는데"(269)라고 말하며, 부모가 돌아가신 뒤 프리랜서로 원고를 쓴다는 젊은 여성이 어떻게 멀쩡하고 아늑하며 세련된 부동산을 가질 수 있는지 의문을 제기한다. 이 대목은 앞서 앤이 말로의 탐정 사무소를 처음 찾아왔던 장면의 연장에 있다. 앤은 '초라하고 색이 바래서 불그죽죽한 바닥 깔개, 반쯤 먼지가 내려앉은 가구들과 그다지 깨끗하지 않은 망사 커튼 같은 것들'을 둘러보며 '전화를 받아줄 사람'과 '가끔 커튼을 세탁소에 맡겨줄 사람'이 필요할 것 같다며, 말로에게 '월급 대신 이따금 친절한 말 한마디만' 해주면

되는 조수를 고용할 생각이 없느냐고 묻는다. 적극적인 '돌봄' 제안이다. 앤 리오단에게 누군가의 연인/아내가 된다는 것은 기꺼이 조수/하녀/가정부 역할을 받아들이며, 남자의 공간을 깔끔하게 정돈하고, 세심하게 재배치할 의무와 권리를 동시에 주장한다는 뜻이다. 당시 말로는 그 제안을 가볍게 거절했다. 자신은 앤 같은 좋은 여자에게 어울리지 않는다고 이미 결정을 내렸기 때문이다. 그에게 앤은 존중과 애정을 바칠 만한 가치가 있는 대상이다. 하지만 그 감정은 성애적 영역 혹은 가정을 꾸리는 제도적 결합과는 관련이 없다. 앤을 향한 말로의 마음은 어디까지나 옛 기사들이 귀부인들에게 바치는 '순결한' 사랑의 연장선상에 놓인다고 봐야 할 것이다.

결국 말로는 앤에게 어떻게 이 정도 재산을 가질 수 있었는지를 에둘러 추궁한다. 헬렌 같은 기식자는 아니라도, 앤에게도 어느 정도 '수상쩍은' 구석이 있으리라 생각한 것이다. 앤은 아버지가 사기당하다시피 속아서 샀던 땅에서 석유가 나온 덕분에 지금의 삶을 누리고 있다고 고백한다. 말로는 '모든 게 다 갖춰져 있는' 집이기에 남자가 원하기만 한다면 바로 들어와 살 수도 있겠다고 칭찬하듯 말하다가, 곧장 집사가 없어서 힘들겠다고 트집을 잡는다. 앤은 말로의 허름한 사무실을 기꺼이 청소하겠다는 의지를 보였지만, 말로는 앤의 집을 돌보고 지킬 가장의 책임을 질 생각이 없다고 단호하게 선언한다. 가정, 보금자리, 사적인 공간을 둘러싼 두 남녀의 태도에는 도저히 타협할 수 없는 거리가 존재한다.

둘 사이의 신경전은 집뿐 아니라 집이 속한 동네에 대한 의견 대립에서 절정에 달한다. 말로는 중상류층 이상의 사람들이 모여 사는 베이시티의 조용하고 쾌적한 거리 이면에 위치한, 멀쩡한 주택인 척하지만 사실은 사설 마약 중독 보호소였던 끔찍한 곳에서 도망쳐 나온 참이다. 심지어 그를 끌고 간 이들은 베이시티의 경찰들이었다. "여긴 좋은 동네예요"(274)라고 항변하는 앤에게 말로는 응수한다. "여긴 좋은 동네요. 시카고도 그렇지. 거기선 오래 살아도 기관총 한 번 못 보고 살 수도 있으니까. 아무렴, 좋은 동네겠지. 로스앤젤레스보다 부패 경찰이 많은 것도 아닐 거고. 그렇지만 큰 도시는 단지 일부분밖에 매수할 수 없어. 이런 동네는 통째로 매수해서 상자에 넣어서 포장해버릴 수도 있지. 그게 차이요. 그래서 나는 여기서 나가고 싶은 거요."(274~275) 이 다툼은 둘 사이의 뿌리 깊은 간극을 그대로 드러낸다. 레이먼드 챈들러는 후속작 《호수의 여인》에서 말로가 앤 리오단을 회상하는 장면을 짧게 삽입한 바 있다.

그녀는 멋진 여자였다. 그녀는 베이시티를 좋아했다. 그녀는 오래된 도시 간 도로 남쪽으로 황량한 평지 위에 펼쳐져 있는 멕시코인과 흑인들의 슬럼가에 대해서는 생각해보지 않았을 것이었다. 계곡 남쪽 평탄한 해변가를 따라 서 있는 부둣가 싸구려 술집들도, 도로 위 땀에 젖은 작은 댄스홀들도, 마리화나 소굴이나, 너무나 조용한 호텔 로비에서 신문의 톱기사들을 훑어보고 있는 길쭉하고 교활한 얼굴들도, 판자를 깐 도로 위의 소매치기나 사기도박꾼, 사기꾼이나 주정뱅이, 뚜쟁이와 여장 남자들도 생각해본 적 없을 것이었다.*

베이시티를 좋아하느냐 좋아하지 않느냐의 차이는 아주 본질적이다. 이는 만들어진 분위기에 만족하고 적응하느냐 아니면 그 분위기의 의도와 목적을 먼저 의심하고 회의하느냐의 차이, 그리고 자신이 속한 영역의 범위를 어디까지로 둘 것인가에 대한 차이이기도 하다. 말로에게는 앤 리오단이 타인을 전혀 신경 쓸 필요가 없는 그레일 같은 백만장자는 아니더라도, 자신의 상황에 안주하며 자신이 속한 도시의 이면을 볼 생각을 못 하는 중산층의 전형처럼 보였을 수도 있다.

말로는 계속해서 앤과 자신이 결코 안정적인 가정을 꾸리는 범속한 남녀 관계가 될 수 없는 이유를 찾는다. 다시 앤의 집으로

* 레이먼드 챈들러, 《호수의 여인》, 박현주 옮김, 북하우스, 2004, 259쪽.

돌아와보자. 말로는 자고 가라는 앤의 간곡한 권유를 이상하리만치 강하게 거절한다. 그리고 미약 주사를 맞은 여파를 완전히 회복하지 못한 채 지친 몸을 끌고 독신자 아파트로 돌아와 '곰팡이 냄새가 밴 로비'를 지나 자신의 현관 앞에 서서 '가정의 냄새, 먼지와 담배 연기 냄새, 사람들men이 살고, 계속 살아가고 있는 세상의 냄새'를 맡는다. 이 문장에는 말로가 안도했다는 느낌이 강하게 배어 있다. 말로는 왜 안도하는가? 앤 리오단에게서, 앤이 암시하던 따뜻하고 평온한 중산층 가정의 가능성에서, 지치고 힘든 남자를 돌보는 엄마 같은 손길에서 벗어났기 때문은 아닐까? 원문의 단어 men을 '사람들'이 아닌 '남자들'로 해석한다면, 말로의 감정을 여자들의 개입을 차단하는 남자들만의 세계로 돌아온 것에 대한 안도감으로 이해할 수 있다.

　필립 말로와 같은 하드보일드 장르를 대표하는 탐정들에게 안정적인 가정을 꾸린다는 것은 불가능한 환상처럼 여겨졌다. 가정은 언제나 닫힌 문 뒤에서 살인 사건이 벌어지는 범죄의 현장, 그것을 어떻게든 수습하여 해결해야 하는 탐정의 무대로 등장해야 한다. 탐정은 매번 팜므 파탈과 마주쳐 성적 긴장이 감도는 가운데 '수상쩍은' 여자의 본심 또는 그 여자가 감춘 과거의 죄를 들춰내는 쫓고 쫓기는 게임을 벌인다. 이는 '건실한' 여성을 만나 사랑에 빠져 결혼에 이르고 남편이자 아빠로서 책임감 있게 안정적인 삶을 꾸리는 것과 양립할 수 없다. 탐정에게 가정은 '박탈' 당하다시피 한 영역이다. 대도시의 차디찬 뒷골목을 누비며 위험천만한 모험을 계속하는 한, 그는 오로지 자신의 생명만 책임지는 독신 남성이어야 한다. 그는 혼자 잠들고, 두려움을 벗 삼아 늙어간다. 앤 리오단의 바람은 처음부터 이루어질 수 없는 것이었고, 필립 말로는 앤 리오단의 애정 어린 손길 아래 머무르는 대신 헬렌/벨마 같은 여성들과 더 많은 시간을 보내며 그들의 화려한 가면을 산산이 깨뜨릴 기회를 엿보아야 한다. 그는 여성들과 적대적인 관계를 맺는 게 더 자연스러운 사람이다. 그렇기 때문에 필립 말로는 헬렌 그레일의 입술에서 벗어났을 때만큼이나, 앤 리오단의 집에서 빠져나왔을 때 편안함을 느끼는 것이다.

필립 말로는 여자들만큼이나 죄가 많고 흠결투성이인 여러 남성도 마주한다. 특히 말로는 여자들을 등쳐먹고 사는 게 뻔한 남성, 얼굴이 반반하고 지나치게 멋을 부리는 '계집애 같은 남성', 부자들에게 굽실거리는 (직업윤리라곤 찾아볼 수 없는) 비열한 남성, 이를테면 린지 매리엇 같은 남성을 용서하지 못한다. 그런데 그 외의 남성들을 대할 때는 어지간하면 그가 죄를 지은 맥락을 이해하려 애쓰고 심지어는 범죄자의 숨겨진 장점까지 찾아준다.

《안녕 내 사랑》에서 가장 소름 끼치는 두 장면이 있다. 말로가 두 명의 목숨을 앗아간 살인범 무스 맬로이를 두고 "맬로이가 살인자 타입으로는 보이지 않았다는 점을 말하는 것뿐입니다. 구석에 몰리면 사람을 죽일 수도 있겠죠. 하지만 그냥 재미로나 돈 때문에, 하물며 여자 때문에 살인할 사람은 아닙니다"(311~312)라고 변호하는 장면이 첫 번째다. 두 번째는 맬로이에게 직접 "당신은 살인자가 아니니까. 그 여자를 죽일 마음은 없었겠지"(401)라고 도닥이며, 그가 단지 정보를 얻기 위해 목을 잡고 흔들었을 뿐인데 힘을 조절하지 못해 '실수'로 살인했을 뿐이라고 이해해주는 장면이다. 심지어 말로는 자신을 폭행했던 부패 경찰 헤밍웨이마저도 이해해준다. 헤밍웨이의 변명을 들어보자. "사람이 정직하게 살고 싶어도 그럴 수 없다는 거야. 그게 이 나라의 문제점이지. 그랬다가는 입고 있는 바지까지도 사기당해서 빼앗길걸. 더러운 게임을 하지 않으면 굶어야 하는 거지. (…) 이 작은 세상을 다시 만들어야만 해. 도덕 재무장을 해야 한다고. 그러면 뭔가 되겠지."(337~338) 자신의 '작은' 부패는 결국 썩은 사회가 강요한 것이다, 원래 그렇게 살고 싶지 않았다, 더 심하게 부패한 경찰들이 얼마나 많은지 아느냐 등등. 자신은 가해자가 아니라 피해자라는 헤밍웨이의 우는소리를 말로는 꽤 진지하게 받아들인다. 아마 《안녕 내 사랑》 발표 당시 동시대 남성 독자들이 소설에서 자신을 동일시하기 좋은 두 명의 대상을 꼽는다면 (이상향으로서의) 필립 말로와 (현실적인 자아로서의) 헤밍웨이가 아니었을까 싶다.

5

필립 말로는 앤 리오단 같은 '굿 걸'이 아닌, 자신과 비슷하게 '모가지가 날아간' 경찰 출신이며 지금은 항구 노동자인 레드에게 나약한 모습을 내보이고 위안을 구한다. 레드는 무스 맬로이만큼이나 덩치가 컸고, '붉은 머리에 더러운 운동화와 타르 묻은 바지, 찢어진 푸른 선원복 쪼가리를 걸치고 얼굴에는 검댕이 묻'었지만, '덩치에 비해서 너무나 섬세한' 목소리로 말로에게 다가온다. 말로의 레드 예찬은 계속 이어진다. "왠지 신비스러움이 느껴지는 자줏빛에 가까운 보라색 눈이었다. 여자애, 그것도 예쁘고 귀여운 여자애 같은 눈이었다."*(359) 베이시티를 지배하는 실질적인 세도가 레어드 브루넷을 만나러 가는 필립 말로의 무모한 도전에도, 레드는 "때로 남자라면 해내야 하는 때가 있죠"(378)라며 이해심을 보인다. 말로는 헬렌 그레일과 앤 리오단과는 그

---

*   과거의 벨마는 빨간 머리였고, 앤 리오단 역시 빨간색에 가까운 다갈색 머리다. 그러나 필립 말로가 선택하는 빨강 머리는 전직 경찰 레드다.

토록 팽팽하게 기 싸움을 벌이며 여성들보다 우위에 있는 강력한 남성성을 강조했지만, 무스 맬로이와 레드에게는 자신의 신체적 열세를 쉽게 인정하며 기꺼이 의지하고자 한다. 여성들이 끼어들 틈이 없는, 거칠고 상처받았지만 내면은 '선한' 백인 이성애자 남성들의 공고한 연대라고 해야 할까.* 여성들에게 엄격한 기준을 들이대며 극도로 까다롭게 굴고 훈계하려 드는 필립 말로는 남성 연대에서 이해와 위안을 구하고 또 그 자신도 기꺼이 그들에게 자신이 바라던 것을 베푼다.

여성 인물들은 언제까지나 타자화되고 객체화된다. 우리는 말로가 만나는 여성 인물에 대해 지극히 피상적인 정보밖에 알 수 없다. 당연한 결과다. 필립 말로가 그들을 피상적으로만 파악하고 평가하기 때문이다. 그들이 진범이든 억울한 누명을 뒤집어 썼든 희생자든 방관자든 상관없다. 여성들에게는 뭔가 수상쩍고 의심스러운 구석이 있기에 말로는 그들을 믿지 않는다. 신뢰 관계를 쌓을 정도의 관심도 없다. 여성의 외모와 태도와 옷차림 등을 일별한 후 내리는 말로의 선택과 판단이 그들에게 허락된 유

---

* 이는 챈들러의 후기작 《기나긴 이별》에서 최고조에 달한다. 전쟁터에서 얻은 큰 흉터가 인상적인 남자 테리 레녹스와 필립 말로는 친밀한 신뢰, 애정 관계를 맺는다. 이 작품에는 말로가 금발 미인에 대한 길고 세세한 분류법을 읊는 악명 높은 장면이 나오기도 한다.

일한 길이다. 미스터리 장르의 제1원칙은 '사람, 사물은 겉으로 보이는 대로가 아니다'이다. 그러나 《안녕 내 사랑》의 여성들의 경우, 겉으로 보이는 모습에 대한 말로의 판단이 끝까지 고수된다. 사악하고 나른하며 배신을 서슴지 않는 미녀 혹은 착하고 성실하며 순진한 규수. 레이먼드 챈들러가 심혈을 기울인, 당대의 스타일리시한 시선이 주입된 필립 말로에게서 이 여성들에 대한 코멘트를 듣는 재미를 부정할 순 없다(무라카미 하루키가 매혹되었던 바로 그 멋들어진 문장들 말이다). 하지만 거기에서 한 발자국 더 나아가지 못했다는 게 《안녕 내 사랑》의 어쩔 수 없는 한계라는 걸 지적해야만 한다. 예리한 눈썰미와 정직한 마음을 무기 삼아 타락한 세상을 돌파하던 필립 말로는, '사라진 벨마'를 찾는 과정에 얽힌 남녀들의 사정을 끝까지 꿰뚫어 보지 못했다. 살인범을 밝혀냈지만, 그게 전부였다. 모든 사건의 출발점이었던 벨마의 '사라짐'이 왜 필요했는지는 알아내지 못했고, 더 정확하게는 전혀 궁금해하지 않았다. 그렇기 때문에 필립 말로는 결국 '그 여자'를 찾지 못했다고 할 수 있다. 그의 임무는 실패했다.

'위대함'은 어떻게 만들어지는가?

F. 스콧 피츠제럴드, 《위대한 개츠비》*

심진경

서강대학교 영어영문학과를 졸업
하고, 같은 대학교 국어국문학과에서
박사학위를 받았다. 몇 권의 단독 저서
와 더불어 《문학을 부수는 문학들》을 함
께 썼고, 《근대성의 젠더》를 함께 번역
했다. 서강대학교 등에서 강의한다.

* F. 스콧 피츠제럴드, 《위대한 개츠비》, 김영하 옮김, 문학동네, 2009.

'위대한 개츠비'는 없다?

F. 스콧 피츠제럴드의 장편소설 《위대한 개츠비》를 모르는 사람이 있을까? 개츠비는 자수성가의 아이콘이자 한 여자를 향한 지고지순한 사랑으로 비극적 결말을 맞는 이 시대 최후의 몽상가다. 황금을 거머쥔 낭만주의자라는 모순어법적 존재가 뿜어내는 매혹 때문일까? 《위대한 개츠비》는 발간 당시에는 대중과 평단에 크게 주목받지 못했지만 작가 사후에 재평가되어 지금은 '가장 위대한 미국 소설'로 꼽힌다. 급기야 2차 세계대전에 참전한 군인들이 15만 5,000부를 사들인 일을 계기로 1950년대 미국 고등학생의 필독서가 되었고, 이후 지금까지도 끊임없이 팔리는 초대형 베스트셀러로 자리 잡았다.* 그러나 이 소설의 위대함은 단지 그 판매 부수에만 있지 않다. 신비평에서 퀴어 비평에 이르

는 다양한 비평이론을 정리한 로이스 타이슨의 《비평이론의 모든 것》이 서로 다른 비평이론을 차례로 적용해 꼼꼼하게 읽을 단 하나의 텍스트로 《위대한 개츠비》를 선택한 것은 결코 우연이 아니다.** 그만큼 이 소설은 다양한 문학적, 문화적, 경제적, 사회적 해석을 가능케 하는 두툼한 텍스트다.

게다가 이 소설은 '소설가들의 소설'로도 유명하다. 무라카미 하루키는 《위대한 개츠비》를 최고의 소설로 꼽았다. 그뿐만 아니라 자신의 소설 《노르웨이의 숲》 인물인 와타나베의 입을 빌려 "《위대한 개츠비》를 세 번 이상 읽은 사람은 누구라도 친구가 될 수 있다"고 말하며 이 소설에 대한 각별한 애정을 노골적으로 드러내고, 그 '사랑의 힘'으로 《위대한 개츠비》를 일본어로 번역하기도 했다. 김영하 또한 입이 험한 고등학생들이 《위대한 개츠비》를 '졸라 재미없는 소설'로 치부하는 데 반발해 이 소설을 '능란하게 짜여진 플롯에 살아 움직이는 캐릭터들이 대결하는 흥미진진한 로맨스'라 평하며*** 원작의 장점을 살리는 좀 더 현대적

* 강준만, 〈개츠비는 왜 위대한가: F. 스콧 피츠제럴드와 '광란의 20년대'〉, 《인물과 사상》, 2013년 7월, 42쪽.

** 로이스 타이슨, 《비평이론의 모든 것》, 윤동구 옮김, 앨피, 2012, 31~33쪽 참조.

*** 김영하, 〈표적을 빗나간 화살들이 끝내 명중한 곳에 대하여〉, 《위

인 번역을 내놓았다.

《위대한 개츠비》는 각각의 시대마다 비평가와 작가는 물론 독자에게 새로운 이해와 해석을 시도하게 하는 다면체적 텍스트다.* '명작'이란 시대와 국경, 인종을 초월해 영원한 가치와 의미를 갖는 작품이 아니라 오히려 시대와 국경, 인종이 달라질 때마다 새로운 가치와 의미를 끊임없이 생산하는 텍스트다. 그런 의미에서 《위대한 개츠비》는 분명 '명작'이라 불러도 좋다. 《위대한 개츠비》에 대한 다양한 해석을 가능케 하는 인물은 당연하게도 주인공 개츠비다. 그는 하층계급 남성의 자기계발적 욕망의 화신으로 이른바 아메리칸드림의 체현이다. 동시에 이제는 희미해진 젊은 날의 꿈과 이상에 자신의 모든 것을 던지는 비현실적인 낭만적 선택으로 아메리칸드림의 실패와 불가능성을 역설하는 인물이기도 하다. 그 때문일까? 《위대한 개츠비》는 신분 상승의 사다리가 사라진 오늘날까지도 수다한 '개천의 용들'의 자기계발서로 읽힌다. 과정보다는 결과를 중시하고 그 결과에 대한 책임을

대한 개츠비》 해설, 문학동네, 2009, 228쪽.

* 《그래서 우리는 계속 읽는다》(모린 코리건, 2016)는 《위대한 개츠비》의 모든 사건과 인물, 심지어 단어 하나에까지 집착하여 작품을 완전히 해부해 새롭게 뜯어 읽은 책으로, 《위대한 개츠비》에 대한 집착을 잘 보여주는 사례다.

오직 개인에게만 부과하는 지금의 능력주의 사회에서 개츠비의 불투명한 성공이 설득력 있는 독서 요인으로 작용하는 듯하다.

'버닝썬 사건'의 주범으로 알려진 아이돌 그룹 '빅뱅'의 멤버 승리가 자신을 '승츠비'라 부르며 개츠비의 후예를 자처한 사실을 떠올려보자. 그는 어떻게 자칭 타칭 개츠비의 후예가 되었는가? 그에게 개츠비의 순애보 로맨스가 있었나? 아니면 '개츠비적 Gatsbyesque'이라는 신조어가 가리키는 "낭만적 경외감에 대한 능력이나 일상적 경험을 초월적 가능성으로 바꾸는 탁월한 재능"* 이 있었나? 그가 가진 것이라고는 불법 약물과 성매매, 원정 도박, 불법 자금세탁 등 검은 비즈니스뿐이었다. 즉 수단과 방법을 가리지 않는 부의 축적과 그 결과물이 그를 개츠비의 후예로 만들었다. 개츠비도 그와 다르지 않다. 개츠비는 금주법 시대의 주류 밀매와 월드 시리즈 승부조작, 훔친 증권의 거래 등 불법 사업으로 큰 부를 이룬 졸부에 불과하다. 이제 우리는 개츠비 앞에 붙은 '위대한'이라는 수식어를 의심할 수밖에 없다. 과연 개츠비는 위대한가?

소설에서 드러나는 개츠비의 행적만으로 그를 위대하다고 말하긴 어렵다. 소도시에 있는 평균 이하의 가정에서 태어나 당

---

* 강준만, 앞의 글, 52쪽.

시 미국에 널리 퍼진 성공 신화, 예컨대 허레이쇼 앨저와 같은 '개천의 용' 플롯에 현혹되어 오직 성공만을 꿈꾸는 남자아이를 떠올려보자. 위대한가? 당시 유행하던 벤저민 프랭클린의 《자서전》을 따라 일과표와 실천 계획을 작성하고 막연한 성공을 꿈꾸며 자기계발을 위해 노력하는 개츠비는 또 어떤가? 위대한가? 우연히 벼락부자 댄 코디를 만나 백만장자의 호화 생활을 가까이서 지켜보다가 '기력 없는, 실패한 농사꾼'의 아들이었던 '제임스 개츠'에서 '제이 개츠비'로 변신한 청년도 상상해보자. 위대한가? 온갖 우여곡절 끝에 비로소 '조악하면서 화려한 하나의 세계'에 도달한 신흥 부자 개츠비는 또 어떤가?

물론 개츠비가 평범한 인물은 아니다. 그러나 그를 위대하다고 보기도 어렵다. 왜냐하면 소설 속 개츠비의 꿈과 이상이 당시 미국 사회를 지배한 물질적 욕망 추구와 다르지 않을 뿐만 아니라, 그가 자신의 꿈을 이루기 위해 기울인 노력이 사실상 타락한 미국식 자본주의에 복무하는 것에 불과했기 때문이다. 개츠비의 꿈이란 결국 1920년대 미국의 화려하지만 텅 빈 욕망의 신기루에 불과했고 그런 점에서 개츠비의 몰락은 필연적이었다. 그런데도 개츠비는 여전히 위대하다(고 일컬어진다). 특히 서술자인 닉 캐러웨이는 소설 결말에서 개츠비의 '부패할 수 없는' 꿈을 개척기 시대 미국인의 꿈과 동일시하여 개츠비를 또 다른 미국적 전통으로 상징화한다. 개츠비와 정서적으로 연대하여 개츠비의 속물성과 전박함을 아메리칸드림의 가능성과 꿈으로 각색하는 것이다.

다른 한편에는 개츠비의 무한한 애정과 헌신의 대상이었으나 끝내 그를 파멸로 이끈 여성 인물 데이지가 있다. 닉은 지적, 도덕적으로 우월한 시선과 목소리로 개츠비를 낭만적 영웅으로 만들지만 데이지는 부도덕하고 방종하게 그린다. 이런 데이지의 모습은 그녀의 죄를 대신 뒤집어쓴 개츠비의 이타성을 대조적으로 부각하여 역설적으로 개츠비를 타락한 현실 한가운데서도 끝까지 빛을 잃지 않는 도덕적 영웅으로 만든다. 그 자체로는 결코 위대하다고 볼 수 없는 '평범한' 욕망의 소유자인 개츠비는 그렇게 소설의 윤리적 중심축인 닉과 긍정적으로 연대하고 세계의 도덕적 타락을 대표하는 데이지와는 부정적으로 단절하여 비로소 '위대한' 존재로 거듭난다. 그리고 그 과정에서 데이지를 비롯한 소설 속 여성 인물은 사랑받을 자격도 없는 '못된' 존재로 타자화된다. 이들의 '소란스러움', '부도덕함', '사치와 향락에 이끌리는 경박함'은 그저 아무것도 하지 않은 채 침묵하는 개츠비를 실제보다 더 부풀려 돋보이게 하기 위한 장치로 소모될 뿐이다.

'방종한 신여성=플래퍼flappers'?

《위대한 개츠비》는 1920년대 미국을 배경으로 하는 소설이다. '광란의 20년대' 또는 '재즈의 시대'로 일컬어지는 그 당시 미국은 엄청난 경제 호황 속에서 전방위로 사회문화적 변화를 겪는 중이었다. 이 변화를 가장 극적이면서도 스펙터클하게 보여주는 존재가 바로 신여성the New Women이다. 미국에서는 1848년 처음으로 조직적인 여권운동이 펼쳐진 후 72년이 지난 1920년부터 여성에게도 투표권이 주어졌는데, 그 과정에서 기존의 전통적인 여성상(예컨대 '가정의 천사')에 정면으로 도전하는 새로운 여성 유형이 나타났다. 미국뿐만이 아니다. 사회가 급변할 때마다 호명되던 '신여성'은 20세기 초 영국을 비롯한 유럽에서도 반향을 일으키는 해방의 상징으로 등장했다.* 여성은 다양한 모습으로 공적 영역에 참여하기 시작했고, 영화·라디오·자동차 등 새로운 테크놀로지와 패션 같은 대중문화의 영역에서도 소비 주체로 자신을 드러냈다.** 1920년대 미국에서는 '그런' 여성들을 '플래퍼

* 리타 펠스키, 《근대성의 젠더》, 김영찬·심진경 옮김, 자음과모음, 2010, 45쪽 참조.

** Sun-ok, "The Ambivalent Representation of the 1920s American New Women, the Flappers in The Great Gatsby", 《현대영미소설》 26-2,

flappers'라고 불렀다.

플래퍼는 1차 세계대전 이후 여성의 사회 참여와 함께 등장한 교육 수준이 높은 개혁적 성향의 신여성이었지만 대중의 관심은 이들의 화장법과 패션, 행동 방식에 쏠렸다. 진한 얼굴 화장과 짧은 치마, 단발머리bobbed hair short, 공개적으로 남성과 함께 담배를 피우고 술을 마시고 춤을 추는 젊은 여성들의 자유분방한 모습은 플래퍼를 가십과 볼거리의 대상으로 만들었다. 1922년 미국에서는 기존의 성적 규범에 저항하는 신세대 여성들의 일거수일투족을 흥미 위주로 담아내는 《플래퍼》라는 잡지가 창간되기도 했다. 플래퍼는 점차 '버릇없고 성적으로 난잡한 이기적인 여성'을 가리키는 말이 되었다. 플래퍼의 일본식 발음인 '후라빠'가 전후 한국에서 '불량한 여학생'이나 '행실이 방정하지 못한 여성'을 가리키는 표현으로 쓰인 것만 봐도 플래퍼가 얼마나 부정적인 의미로 사용되었는지 알 수 있다. 이는 식민지 조선이 개화기의 선구적 여성 지식인이었던 신여성을 '모던걸'로, 그러다가 '못된걸'로 부른 여성 호명 방식을 연상시킨다. 결국 새로운 라이프스타일과 전위前衛, 여성해방의 상징이던 신여성은 흥청망청한

2019, 244쪽 참조. 이 외에 1920년대 플래퍼 현상과 문화에 대해서는 손정희, 〈플래퍼와 1920년대 미국 문화의 여성 이미지: 피츠제럴드를 중심으로〉, 《미국학논집》41-2, 2009 참조.

전후 미국의 과도한 소비주의와 황금만능주의, 그에 따른 도덕적 타락을 대변하는 '노는 여자' 플래퍼가 되고 말았다.

《위대한 개츠비》에 등장하는 거의 모든 여성 인물, 즉 플래퍼들이 예외 없이 천박하거나 자기 과시적이거나 부도덕하게 재현되는 것은 이 때문이다. 즉, 《위대한 개츠비》는 당대 사회가 1차 세계대전 이후 출현한 신여성을 대하는 불편한 기색을 구체화한 소설이다.* (남성의) 불편한 시선이 (여성에 대한) 시각적 쾌락을 동반한다는 점이 흥미롭다. 개츠비의 저택에서 밤마다 벌어지는 화려한 파티는 플래퍼를 바라보는 당대의 양가적 시선을 잘 보여준다.

정원의 천막에선 춤판이 벌어져 있었다. 늙은이들은 끝없이 원을 그리며 젊은 여자들을 무례하게 뒤로 밀어내고 있었고, 춤깨나 추는 커플들은 구석에서 우아하게 서로 껴안은 채 몸을 비비 꼬고 있었다. 그리고 수많은 여자들이 홀로 춤을 추거나 오케스트라의 멤버 중 밴조나 타악기를 연주하는 주자들을 따로 끄집어내어 놀았다. 자정이 되자 더욱 흥이 올랐다. 유명한 테너가수가 이탈리아 가곡을 불렀고, 악명 높은 콘트랄토 가수는 재즈를 노래했다. 곡과 곡 사이, 희희

* 로이스 타이슨, 앞의 책, 269쪽.

낙락 공허한 폭소가 여름 하늘로 솟아오르는 사이, 사람들은 정원 곳곳에서 '묘기'를 부렸다. 무대에 오른 '쌍둥이'들은 알고 보니 노란 드레스를 입고 있던 그 아가씨들이었다—무대의상을 입고 애들 시늉을 하고 있었다.(63)

개츠비의 파티를 빛내는 것은 화려한 조명도, 뷔페 테이블을 가득 채운 술과 음식도, 모든 악기를 포함한 완벽한 구성의 오케스트라도 아니다. 그것은 바로 여자들, 반짝이는 불빛 아래 그보다 더 반짝이는 화려한 원색의 드레스, 최신 유행의 기묘한 헤어스타일, 최고급 숄을 걸친 파티걸들이다. 이들은 언뜻 보기에는 서로 다른 개성을 지닌 독특한 존재처럼 보이지만 실상은 그저 파티의 화려함을 장식해주는 익명의 다수에 불과하다. 즉 그들은 '서로서로 너무 비슷해, 예전에도 한번 왔던 것 같은 인상'을 불러일으키는, 이름도 기억나지 않는 존재들이다. 그들은 술에 취해 미친 듯이 웃거나 소리 지르고 심지어는 풀장에 머리가 처박힌다. 술에 취한 아내가 파티장에서 나가지 않으려고 발버둥 치다가 남편에게 끌려 나가기도 한다. 그리고 이 모든 여자가 휘황찬란한 파티를 매일 밤 벌이는 개츠비가 누구인지 추측하며 열심히 수군댄다. '노는' 여자들이 벌이는 이 모든 소란과 소동이 때로는 사람들의 눈살을 찌푸리게 하지만, 이 번쩍거리는 여성들은

'위대함'은 어떻게 만들어지는가?

대중을 매혹하는 이미지 혹은 볼거리이기도 하다. 2013년 개봉한 바즈 루어만의 영화 〈위대한 개츠비〉가 2014년 아카데미 시상식에서 미술상과 의상상을 받았다는 것은, 원작 소설의 파티 장면이 지금까지도 우리의 시선을 사로잡는 스펙터클이자 강력한 오락적 세계라는 사실을 새삼 확인케 한다.

가정적이고 순종적인 '집안의 천사' 역할을 전면 거부하고 여성의 권리와 경제적 자립을 요구한 신여성. 그러나 신여성은 가정을 벗어나자마자 대중매체의 자극적 이미지화를 거치면서 재빨리 "버릇없고, 성적으로 자유롭고, 자기중심적이며, 재미를 추구하며, 그러면서도 자석처럼 사람을 끄는 매력이 있는"* 플래퍼가 되고 만다. 이들이 주체적이고 독립적인지, 고등교육을 받았는지, 직업적으로 프로페셔널한지는 중요하지 않다. 겉보기에는 파티에서 술 마시고 담배 피우고 노는 여자들에 불과하기 때문이다. 문제는 겉으로 드러나는 '경박한' 이미지가 내면을 평가하는 근거로 활용된다는 점이다. 이는 소설에 등장하는 거의 모든 여성 인물(그들이 중심인물이든 아니든, 상류층이든 아니든)에게 똑같이 적용된다. 그들은 모두 자기 과시적이고 부도덕하며 오직

---

* Rena Sanderson, "Women in Fitzgerald's Fiction", The Cambridge Companion to F. Scott Fitzgerald. Ed. Ruth Prigozy, New York: Cambridge UP, 2002, p.143. 손정희, 앞의 글, 139쪽에서 재인용.

돈만을 좇는 '속물'이다.

 데이지의 남편 톰과 그의 정부情婦 머틀 윌슨이 밀회 장소인
아파트에서 벌이는 떠들썩한 파티 장면은 극적인 연출로 부정적
여성 이미지를 그려낸다. 머틀의 여동생 캐서린은 '서른 살쯤 된
호리호리한 몸매의 닳아빠진 여자'로, 이웃에 사는 매키 부인은
'새된 목소리에 활력이라고는 없는데다 예쁘장하게 생기기는 했
지만 끔찍한 여자'로 묘사된다. 즉 이들은 저급한 플래퍼의 전형
으로 제시된다. 머틀은 또 어떤가? 그녀는 자동차 정비공인 가난
한 남편을 대놓고 무시하고 부유한 톰의 내연녀라는 사실을 자랑
할 만큼 부도덕하다. 게다가 좁은 아파트 파티에 어울리지 않는
화려한 옷차림으로 자신의 하찮은 영향력을 과시할 만큼 어리석
고 속물적이다. 상류층 여성도 다르지 않다. 오직 플래퍼다운 외
모와 옷차림으로만 묘사되는 프로 골퍼 조던 베이커는 골프 대
회에서 부정행위를 저질렀다는 추문이 따라다니는, '세상을 향해
냉담하고 거만한 미소를 짓는', 속임수가 몸에 밴, '교정이 불가
능한 거짓말쟁이'로만 소개된다. 서술자 닉은 프로 골퍼로서 조
던의 실력이 어떤지 독자에게 알려주지 않는다. 개츠비의 영원한
사랑의 대상인 데이지도 예외는 아니다. 데이지에 관해 이야기할
때 가장 자주 인용되는 다음 장면을 보자.

"영국에서 옷을 사서 보내주는 사람이 있거든. 봄 가을 시즌이 시작될 때마다 엄선해서 보내준다고."

그는 셔츠 더미를 끄집어내 우리 앞에서 하나하나 펼쳐 보여주었다. 얇은 리넨과 두꺼운 실크, 질 좋은 플란넬 셔츠들이 테이블 위로 던져져 다채로운 색깔로 뒤엉켰다. 우리가 감탄할 때마다 그는 더 많은 셔츠를 가져왔고, 이 부드럽고 사치스러운 언덕은 점점 더 높아만 갔다. 문장이 새겨진 줄무늬 셔츠, 산홋빛의 체크무늬 셔츠, 사과빛 푸른 셔츠, 인디언 블루의 이니셜이 새겨진 라벤더빛 혹은 연한 오렌지빛의 셔츠들. 그 순간 갑자기 데이지가 이상한 소리를 내며 얼굴을 셔츠 더미에 파묻고 격렬하게 울기 시작했다.

"너무, 너무 아름다운 셔츠들이야." 그녀가 흐느꼈다. 두터운 셔츠 더미에 파묻혀 그녀의 목소리가 띄엄띄엄 들려왔다. "너무 슬퍼. 한 번도 이렇게, 이렇게 아름다운 셔츠들은 본 적이 없거든."(117)

오랜 기다림 끝에 데이지를 자신의 대저택에 초대한 개츠비는 갑자기 자신의 옷장을 열고 그 안에 차곡차곡 쌓인 셔츠를 테이블 위로 던지기 시작한다. 그러자 데이지가 갑자기 산처럼 쌓인 값비싼 셔츠 더미에 얼굴을 묻고 운다. 도대체 데이지는 왜 우는 걸까? 결혼 전에 사랑한 개츠비를 다시 만나 기쁘지만 결국 둘의 사랑이 이루어지지 않을 거라는 막연한 예감 때문에? 아니면 그녀의 말대로 그저 셔츠가 아름다워서? 그렇다면 왜 아름답고 비싼 셔츠는 데이지를 울게 할까? 김영하의 말처럼 데이지가 '인간 개츠비가 아니라 영국제 셔츠를 사랑하는 여자'*라서? 데이지가 개츠비의 지고지순한 사랑을 받을 자격이 없는, 사치와 허영에 사로잡힌 무책임한 속물에 불과하다는 사실을 독자에게 알려주려고?

분명한 것은 개츠비가 데이지에게 개츠비 그 자체가 아닌, 값비싼 영국제 셔츠라는 상품의 이미지와 기호에 따라 값어치가 매겨지는 존재라는 사실이다. 사실 이는 어느 정도 예측 가능하다. 왜냐하면 개츠비는 자기의 실체를 데이지에게 감추고 대저택과 화려한 파티, 크림색 롤스로이스, 고가의 영국제 셔츠라는 기호로 부유한 상류층 남성을 모방하는 중이기 때문이다. 이 장면은 일차적으로 데이지의 기이하고 과장된 셔츠 사랑을 보여주어 그녀의 무분별하고 피상적이며 한없이 가벼운 플래퍼적 기질을 극적으로 재현한다. 그러나 우리가 주목해야 할 점은 개츠비의 행동(갑자기 장롱 속 셔츠를 꺼내 테이블 위에 산처럼 쌓는 일)이 데이지의 감정 분출을 촉발했다는 사실이다. 개츠비의 돌발적 행동이 의미하는 바는 분명하다. 이는 가짜 부자가 아닌 상류층 출

* 김영하, 앞의 글, 236쪽.

신의 진짜 부자로 보이고 싶은 다급한 과시욕의 표현이다.

　데이지의 과잉된 행동과 감정만 보고 그녀를 '자신이 뭘 원하는지도 모르면서 뭔가를 원하고, 그러면서도 그 결과에는 무심하며, 사랑하는 사람이 아니라 사랑 그 자체와 사랑에 빠지는 여자'*라고 단정 짓는 것은 너무 섣부르다. 데이지의 울음은 개츠비의 과장된 모습 뒤에 감춰진 불안감과 초조함을 읽고 난 뒤 그녀가 느낀 애잔함의 표현이었을지도 모른다. 어쩌면 데이지는 자기가 누구인지, 어떻게 평가받는지, 남들에게 어떻게 보여야 하는지를 너무 많이, 너무 정확하게 알고 있었을 수도, 이 모든 걸 다 알면서도 모르는 척했을 수도 있다. 출산 당일 남편 없이 홀로 딸을 낳았다는 사실을 뒤늦게 안 데이지의 다음과 같은 자조적인 말은 그녀가 당대 사회가 여성에게 무엇을 원했는지를 정확히 알고 있었다는 사실을 방증한다.

　　딸이라서 다행이야. 이왕이면 아주 바보가 돼버려라. 이런 세상에선 바보가 되는 게 속 편하다. 귀여운 바보.(30)

　　*　김영하, 앞의 글 237쪽.

닉은 누구를 욕망하(지 않)는가?

그러나 《위대한 개츠비》의 서술자 닉 캐러웨이는 '여자는 귀여운 바보로 사는 게 낫다'는 데이지의 자기 비하적 고백의 진정성에 의구심을 갖는다. 나아가 데이지의 모든 말과 행동을 '자기 쪽에 유리한 감정을 이끌어내려는 일종의 속임수'처럼 느끼기도 한다. 데이지의 대사 앞뒤에는 대개 '느닷없이', '별생각 없이', '지어낸 듯한', '꾸민 듯한' 등의 수식어가 따라붙는다. 그 때문에 데이지는 닉과 처음 만났을 때부터 본능적으로 자기에게 유리한 말과 표정, 행동을 꾸며내는 거짓말쟁이처럼 그려진다. 물론 데이지만 거짓말쟁이인 것은 아니다. 소설 속 거의 모든 여성 인물은 기본적으로 자기 과시적이고 이기적이며 자기에게 유리한 쪽으로만 생각하고 움직이는 존재들로 묘사된다. 서술자 닉에게 이 여성들은 1920년대 경제 호황기에 뉴욕이라는 허세의 세계를 가득 메운, 허세에 가득 찬 존재들이다. "여자의 거짓말이 심하게 탓할 일은 아니다"(77)라는 닉의 말은 《위대한 개츠비》속 여성 인물들에 대한 평가의 평균값이 무엇인지를 단적으로 보여준다. 즉 그들은 성격이나 외모, 계급이나 직업과 상관없이 모두 거짓말쟁이라는 점에서 다르지 않다.

평가의 주체는 소설의 서술자인 닉이다. 닉은 개츠비와 데이지를 포함한 모든 등장인물의 캐릭터와 운명에 대한 평가, 도덕적 판단 등으로 소설의 방향성과 질감을 결정 짓는 인물이다. 따라서 닉이 어떤 인물인지는《위대한 개츠비》에 대한 독자의 해석과 이해를 좌우하는 결정적인 요소라 할 만하다. 소설은 닉이 어릴 때부터 들었던 아버지의 충고를 소개하면서 시작된다. "누군가를 비판하고 싶을 때는 이 점을 기억해두는 게 좋을 거다. 세상의 모든 사람이 다 너처럼 유리한 입장에 서 있지는 않다는 것을."(11) 아버지의 충고에 따라 닉은 어릴 때부터 다른 사람에 대한 판단을 유보하는 습관을 갖는데, 소설은 닉의 우유부단한 성격이야말로 어느 한쪽에 치우치지 않는 객관적인 비평가의 자질이라는 점을 은연중에 암시한다. 닉은 중서부 도시의 꽤 뼈대 있는 집안 출신이지만 톰처럼 어마어마한 부자는 아니다. 참전 군인 출신의 예일대학 졸업자로 이제 막 동부 뉴욕으로 이주해 증권 회사에 취직한 샐러리맨이다. 한마디로 닉은 지적인 중간계층의 교양 있는 보통 남성이다. 그가 생각하는 이상적인 인간형 또한 이와 크게 다르지 않다. 그것은 바로 '모든 종류의 전문가 중에서도 가장 희귀한 존재' 즉, '균형잡힌 인간'이다.

닉은 부모 재산을 물려받은 전통적인 백만장자 톰 뷰캐넌과 '출신도 이름도 분명치 않은 작자Mr. Nobody from Nowhere'*인 신흥부자 제이 개츠비 사이를 옮겨 다니며 양쪽 모두에 거리를 둔다.

닉이 톰의 비밀(머틀과의 불륜)은 물론 개츠비의 비밀(댄 코디와 겪은 이상한 일, 5년 전 데이지와의 만남 등)까지 모두 목격하거나 들을 수 있었던 것은 바로 중간자적 위치 때문이다. 개츠비의 죽음 이후 닉의 중립적 균형이 급격하게 깨지긴 하지만 말이다. 게다가 닉은 성적, 물질적 욕망에 따라 제멋대로 행동하는 사람들로 가득한 이 소설에서 거의 유일하게 자기 욕망을 조정하고 통제하는 인물이다. 이런 이유로 그는 '생각이 느리고 욕망에 브레이크를 거는 내면의 규칙이 많은 사람'이자 '내가 알고 있는 몇 안 되는 정직한 사람들 중 하나'라고 자신을 평가한다. 소설 후반부에 닉이 마지막으로 개츠비에게 한 말, 즉 "다들 썩었어. 너는 그 빌어먹을 인간들 다 합친 것보다 더 가치 있는 인간이야"(192)라는 도덕적 해석이 객관적이고 설득력 있게 받아들여지는 것도 이 때문이다. 그러나 과연 닉이 신뢰할 수 있는 서술자 혹은 매사에 객관적이고 중립적인 관찰자이기만 할까? 등장인물로서 닉은 어떤가? 일단 닉이 욕망의 주재자主宰者가 아닌 것은 분명해 보인다.

닉은 '눈에 띄는' 운전자가 아니다. 《위대한 개츠비》는 웨스

---

  * 김영하의 번역에서 이 부분은 '어디서 굴러먹던 누군지도 모르는 작자'로 번역되었으나, 개츠비의 출신 성분이 명확하지 않다는 점이 좀 더 강조되도록 '출신도 이름도 분명치 않은 작자'로 수정했다.

'위대함'은 어떻게 만들어지는가?

트에그(닉과 개츠비의 거주지)와 이스트에그('그린 라이트'로 상징되는 데이지와 톰의 거주지), 뉴욕시(증권사와 호텔, 머틀 윌슨의 아파트와 개츠비의 불법 사업 파트너 울프심의 사무실이 있는), 그 중간쯤 위치한 애쉬 밸리(윌슨 부부의 집이 있는) 이렇게 네 공간을 배경으로 전개된다. 이때 인물 간의 물리적 거리를 연결해주는 것은 자동차다.* 소설에는 중심인물들이 차를 운전하는 설정과 상황이 자주 등장한다. 즉, 자동차는 인물들을 설명하는 중요한 객관적 상관물이다. '고급스런 크림색의, 니켈 장식이 번쩍이고, 여기저기가 불룩불룩 솟아 있고, 엄청나게 길고, 모자상자와 도시락상자와 공구함이 완비된, 거기에 한 다스의 태양들을 반사하는 바람막이의 미로, 여러 겹의 창과 푸른색 가죽 시트'의 롤스로이스만큼 개츠비를 완벽하게 대변하는 사물이 또 있을까? 불필요하게 장식적이고 과시적인, 비싸고 고급스러운, 그러면서도 권위적이거나 억압적이지 않은 이 크림색 롤스로이스는 개츠비 그 자체다. 반면에 톰의 파란색 쿠페는 톰 특유의 이해타산적 세계의 일부를 구성한다. 톰은 자신의 내연녀 머틀의 남편인 조지에게 중고 쿠페를 팔 것처럼 말하지만 이는 머틀을 만나러 갈 핑계에 불과할 뿐, 애초에 조지에게 차를 팔 생각이 없

* 우효경, 〈부주의한 운전수들: 『위대한 개츠비』에 나타난 자동차와 여성〉, 《미국소설》 25-2, 2018, 35쪽.

다. 그에게 자동차는 불륜을 위한 미끼에 불과하다. 조지의 차는 어떤가? 징비소 한편의 '어둑한 구석에서 먼지를 뒤집어쓰고 있는 포드'야말로 온통 재로 뒤덮인 '애쉬ash 밸리'에서 아무런 비전 없이 하루하루를 보내는 '핏기 없이 무기력한' 재투성이 인간인 조지의 분신이 아닌가?

개츠비와 톰, 조지가 소유한 자동차가 그들이 어떤 존재인지 간접적으로 보여준다면, 데이지와 조던은 자동차를 운전하는 모습으로 자신들의 통제 불가능한 성격을 공공연히 드러낸다. 소설 후반부, 데이지는 남편 톰과 개츠비 사이에서 극도로 불안해하며 운전기사가 모는 차를 타는 평소와 달리 직접 운전을 하다가 의도치 않게 남편의 내연녀 머틀을 차로 치어 사망케 한다. 그러나 운전자가 뒤바뀌었다는 진실은 은폐되고 데이지는 무책임하게 남편 톰의 대저택에 숨어버린다. 데이지의 부주의한 운전이 "가부장제의 통제에서 벗어난, 정숙하지 못한 여성의 성적 욕망을 상징"*한다고 해석하는 경향이 있지만 이는 자동차와 여성 모두를 남성의 소유물이자 트로피로 여기는 '자동차=여성'이라는 도식에 기반한 상투적 이해가 아닌가 싶다. 데이지의 부주의한 운전은 경솔함과 부도덕함에 초점을 맞춰 해석할 필요가 있

* 우효경, 앞의 글, 46쪽.

다. 이는 소설 중반쯤 개츠비의 파티가 끝날 무렵 닉이 우연히 마주한 첫 번째 교통사고와 비교할 때 더욱 분명해진다. 이 첫 번째 사고는 두 가지 측면에서 데이지의 부주의한 운전을 연상시킨다. 하나는 사람들의 짐작과는 달리 차를 운전한 사람이 남자가 아니라 '얼이 빠져버린 허깨비'처럼 멍청한 여성이라는 점이고, 다른 하나는 이 여성이 자기가 낸 사고에 아무런 잘못이나 책임감도 느끼지 못한다는 점이다. 데이지도 마찬가지다. 그녀에게 운전은 자신의 계급적·여성적 부정성이 폭로되는 결정적 계기로 작용하는데, 그 결과 데이지는 상류 유한계급의 속물성에 플래퍼다운 경솔함이 결합된 최악의 인간형이라는 점이 드러난다.

데이지와 마찬가지로 부주의한 운전자로 보이는 조던 베이커는 어떤가? 흥미로운 점은 조던의 운전 에피소드가 닉과의 관계를 통해서만 제시된다는 사실이다. 사실 조던은 중심인물이라고도 주변 인물이라고도 하기 어려운, 다소 모호한 인물이다. 그녀는 얼핏 데이지와 같은 부류의 속물 플래퍼처럼 보이지만 데이지처럼 상류층 출신은 아니다. 소설은 조던의 집안 배경이나 가정환경을 명확히 설명하지 않는다. 그녀는 '모두가 알아보는 골프 챔피언'이지만 그녀가 어떤 인물인지, 닉과의 관계가 어떤지는 분명하지 않다. 그렇다고 '번쩍번쩍 빛나는 금으로 만든 소녀상'처럼 '돈으로 충만한 목소리'의 소유자도 아니다. 한마디로 조던은 데이지와 같은 경박한 플래퍼라기보다는 닉과 같은 냉소적 관찰자에 가깝다. 닉은 조던을 '교정이 불가능한 거짓말쟁이'로 낙인 찍지만 본인조차 자신의 평가를 믿지 않는 듯하다. 닉은 조던을 잘 알지 못한다. 그렇다면 닉이 조던을 사랑한 걸까? 이 또한 분명치 않다. 다만 닉은 조던을 사랑하기에는 지나치게 조심스럽고 자기 통제적인 인물인 듯하다. 운전에 관한 조던과 닉의 대화는 '부주의한 여성 운전자'와 '주의 깊은 남성 운전자' 사이의 욕망 차이를 보여준다.

그녀가 일하던 사람들에게 너무 가까이 차를 몰다가 우리 차의 펜더가 한 남자의 윗도리 단추를 살짝 건드리면서 이야기는 시작되었다.

"차 험하게 모시네요." 나는 항의했다. "좀 조심하든가 아니면 아예 몰지 마세요."

"조심하고 있어요."

"당신이? 아닌데요."

"나 말고요. 다른 사람들." 그녀가 대수롭지 않게 말했다.

"그게 무슨 소리죠?"

"다른 사람들이 비킬 거라는 거죠." 그녀가 우겼다. "사고가 나려면 최소한 둘이 있어야 되잖아요."

"당신같이 부주의한 사람을 만나면 어떡하지요?"

"그러지 않기를 바라야지요." 그녀가 대답했다. "나는 부주의한 사람들을 싫어해요. 그래서 내가 당신을 좋아하는 거예요."(77~78)

이 대화는 닉이 개츠비 사후 뉴욕 생활을 정리하고 고향으로 돌아가기 전 마지막으로 만난 조던과의 대화로 이어진다. 조던이 말한다. "나쁜 운전자는 다른 나쁜 운전자를 만나기 전까지만 안전하다고 당신이 그랬잖아요. 그러니까 나는 나쁜 운전자를 만났던 거예요. 안 그래요? 내 말은, 내가 경솔하게 혼자 내 멋대로 억측을 하고 있었다는 거예요. 난 당신이 좀 더 꾸밈없고 정직한 사람이라고 생각했었거든요. 당신도 남몰래 그렇게 자부하고 있다고 생각했죠."(220~221) 그녀에게 '나쁜 운전자'는 일차적으로 '부주의한 운전자'를 의미한다. 그러나 두 번째 대화 내용을 보면 '나쁜'은 '부주의한'보다는 '부정직한'의 의미에 더 가깝다. 첫 번째 대화에서 '부주의한' 나쁜 운전자는 조던이지만, 두 번째 대화에서 '부정직한' 나쁜 운전자는 닉이다. 조던은 자신이 닉에게 그러하듯 닉도 자신에게 호감을 갖고 있다고 생각했는데, 이것이 착각에 불과했다는 사실을 뒤늦게 깨닫는다. 닉이 우리의 기대만큼 정직한 인간은 아니었던 것이다. 적어도 욕망에 관한 한은 그렇다. 그래서일까? 소설은 닉이 어떤 차를 소유했는지, 그 차를 어떻게 운전하는지를 분명하게 드러내지 않으며, 그 때문에 욕망의 드라이버로서 닉의 정체성 또한 잘 드러나지 않는다. 닉이 조던과 모종의 관계를 맺고 있는데도 마치 그가 (성적) 욕망이 없는 인물처럼 보이는 것은 이 때문이다.

여성혐오와 불안의 남성 연대

닉은 소설 초반부터 조던에게 강하게 이끌리지만 자신의 욕망을 '사랑에 빠졌다거나 하는 것은 아니고 일종의 다정한 호기심' 정도로 치부한다. 닉은 누군가에게 매혹될 때마다 자기감정을 단순한 인간적 호감 정도로 중화하는 작업을 반복해온 듯하다. 닉은 '고향에 팽개치고 온 애매한 관계'의 여성에게도 일주일에 한 번씩 '사랑하는 닉이'라고 서명한 편지를 의무적으로 보내지만 그녀와 관계를 유지할 마음은 전혀 없다. 누군가를 계속 욕망해왔지만 그 욕망이 너무 깊어지거나 고정되는 상황을 두려워하는 것이다. 닉이 욕망 자체를 부정하는 이유는 그에게 욕망이 부정직한 것이기 때문이다. 따지고 보면 소설에서 누군가를 욕망하는 모든 인물은 대체로 정직하지 못하다. 개츠비의 데이지에 대한 욕망, 톰의 마초적인 성적 탐욕, 데이지의 돋보이고 싶은 욕망, 조던의 성공에 대한 야심, 머틀의 신분 상승 욕망 등은 모두 여러 사건을 불러일으키고 각각의 인물을 도덕적 혼돈에 빠뜨린다. 무성애적이고 도덕적인 독신남 닉만이 유일하게 이 혼돈을 비켜 간다. 그러나 닉이 정말 '비정상적인 정신' 상태에 빠진 적이 없을까?

우리는 닉이 소설의 관찰자이자 서술자라는 사실을 잊지 말아야 한다. 즉 그는 어떤 정보를 드러내고 감출지, 어떤 장면을 더 상세하게 다루거나 생략할지 등 모든 것을 판단하고 결정하는 존재다. 이 소설에서 가장 낯설고 모호한 장면을 살펴보자.

매키가 몸을 돌려 문 쪽으로 나갔고, 나도 모자를 집어들고 따라갔다.

"언제 점심 같이 할까요?" 엘리베이터에서 숨을 고르고 있는 사이 그가 말했다.

"어디서요?"

"어디든지요."

"레버에서 손 좀 떼주세요." 엘리베이터 보이가 끼어들었다.

"미안하오." 매키가 위엄 있게 대꾸했다. "만지고 있는 줄 몰랐어요."

"좋아요." 나는 동의했다. "기꺼이."

……나는 그의 침대 옆에 서 있었고, 그는 시트로 속옷만 입은 자기 몸을 가린 채 침대 위에 앉아 자신의 커다란 포트폴리오를 보여주고 있었다……

"〈미녀와 야수〉…… 〈고독〉…… 〈식료품점의 늙은 말〉…… 〈브루클린 다리〉……"

그러고 나서 나는 펜실베이니아 역의 추운 지하 대합실에 반쯤 잠든 상태로 누워 조간 〈트리뷴〉을 보며 새벽 네시 기차를 기다리고 있었다.(52~53)

우연히 톰과 머틀의 아파트에서 열린 파티에 참석한 닉은 그곳에서 '창백하고 여성적인 남자' 매키를 만난다. 매키는 모두가 자기 존재를 과장하여 과시하는 파티에서 자기 존재감을 거의 드러내지 않는 유일한 인물이다. 시끄러운 와중에도 의자에서 잠들 만큼 다른 사람에 대한 관심도 전무하다. 그런 그가 어쩌다 닉의 눈길을 사로잡았을까? 매키는 첫 만남에서부터 닉의 관심을 끌었을 것이다. 그렇지 않다면 "나는 내내 신경 쓰이던, 그의 뺨에 말라붙은 비누거품을 손수건으로 닦아주었다"(52)와 같은 문장은 나오기 어렵기 때문이다. 매키가 갑자기 닉에게 점심 제안을 하고 엘리베이터 레버를 누른지조차 모를 정도로 닉에게 집중한 것으로 보아 그가 닉에게 한눈에 반했을지도 모른다. 때론 침묵이 더 강한 메시지를 전달한다. 몇 번의 말줄임표를 지나 둘은 속옷을 입은 채 침실에서 함께하지만 닉은 그 장면이 정확히 무엇을 의미하는지 더는 이야기하지 않는다. 나중에 매키와 만나 점심을 먹었는지도 마찬가지다. 이 돌발적 장면은 그렇게 잠시 독자들을 어리둥절하게 했다가 여러 사건과 이야기 속에서 슬그머니 사라진다.

몇몇 논자들은 이 장면을 중심으로 《위대한 개츠비》를 퀴어적으로 재해석하기도 한다.* 《위대한 개츠비》는 잘 알려진 것처럼 데이지를 향한 개츠비의 비극적 로맨스라는 외형을 지닌 전형적인 이성애 서사다. 그러나 서사 곳곳에 은밀히 스며들어 있는 동성애적 서브텍스트나 퀴어적 감수성(개츠비의 분홍색 양복에 대한 톰의 동성애 혐오적 발언까지를 포함한)은 이 소설을 퀴어 서사로 읽을 가능성을 만들어낸다. 로이스 타이슨의 말처럼, 닉이 '게이 기호의 저장소' 역할을 하는 인물이라는 독해가 가능한 것이다. "안에 있으면서 동시에 밖에 있었다"(51)는 닉의 말도 섹슈얼리티와 관련한 그의 정체성을 어느 하나로 단정 짓기 어렵게 한다.

다만 확실한 것은 닉이 대단히 자기 억압적인 인물로 이 세계

* 로이스 타이슨, 앞의 책, 709~735쪽 참조.

의 성적 문란함과 도덕적 비정상성에 예민하게 반응하는 인물이라는 사실이다. 그러나 항상 그렇지는 않다. 닉은 '이 세상이 제복을 차려입고 영원히 일종의 윤리적 차려 자세를 취한 곳'이기를 바라지만, 동시에 '내가 내놓고 경멸하는 모든 것을 대표하는 바로 그 인물(개츠비)에게만은 다른 기준을 적용할' 만큼 자기모순적이기도 하다. 따라서 닉에게 성적, 도덕적 민감성은 옳고 그름에 관한 당위의 문제라기보다는 좋고 나쁨이라는 취향의 문제에 더 가깝다. 닉에게 개츠비는, 혹은 개츠비로 상징되는 이 세계의 '요란한 행보'는 도덕적으로 옳지는 않지만 성적으로는 (혹은 감각적 차원에서는) 매혹적인 것이 아니었을까? 시끌벅적하고 혼탁한 머틀의 파티를 벗어나 조용히 산책하고 싶었다는 닉이 "그때마다 거칠고 자극적인 이야기들이 내 목덜미를 잡아채는 바람에 밧줄로 묶이기라도 한 듯 꼼짝없이 의자에 붙들려 앉아 있었다"(50)는 것처럼 말이다. 닉은 소설 초반부터 거의 모든 인물에게 매혹과 혐오를 동시에 느끼고 이 두 감정 사이를 오고 가는 진자운동 끝에 최종적으로는 도덕적 판결에 이르는 과정을 반복한다. 문제는 이 과정을 거친 후 데이지는 불쾌한 존재로, 개츠비는 이상적 존재로 최종 평가한다는 점이다. 특히 개츠비의 자기희생적 죽음 이후 데이지는 숭고한 미국적 이상을 파괴한 세속적 물질주의 그 자체를 의미하게 된다. 그렇게 세속적 현실과 신적 이상은《위대한 개츠비》에서 또다시 익숙하게 젠더화된다. 젠더화의 기제는 방종한 신여성에 대한 경멸과 동성애(적인 것)에 대한 억압이다. 결국 시끌벅적했던 1920년대는 여성혐오만을 남긴 채 막을 내린다. 그리고 당연하게도 여성에 대한 혐오와 경멸은 죽은 개츠비를 중심으로 한 느슨한 연민과 공감 그리고 불안의 남성 연대로 나아간다.

전통적이면서 그로테스크한 수백 채의 집, 그 위에 펼쳐진 음산한 하늘과 칙칙한 달. 그림의 전경에는 연미복을 입은 심각한 얼굴의 남자들 넷이 흰 이브닝드레스를 입은, 술에 취한 여자가 누워 있는 들것을 들고 보도를 따라 걸어간다. 들것 옆으로 비어져나와 흔들리는 여자의 손에선 보석들이 차갑게 번쩍인다. 남자들은 장중한 태도로 어떤 집으로 들어가지만, 거기가 아니다. 아무도 여자의 이름을 모르고 신경도 쓰지 않는다.(219)

개츠비는 그 초록색 불빛을 믿었다. 해가 갈수록 우리에게서 멀어지기만 하는 황홀한 미래를. 이제 그것은 자취를 감추었다. 그러나 뭐가 문제겠는가. 내일 우리는 더 빨리 달리고 더 멀리 팔을 뻗을 것이다…… 그러면 마침내 어느 찬란한 아침……

그러므로 우리는 물결을 거스르는 배처럼, 쉴새없이 과거 속으

로 밀려나면서도 끝내 앞으로 나아가는 것이다.(224~5)

소설 말미를 장식하는 위의 두 인용문은 개츠비의 죽음 이후 닉이 고향으로 떠나기 직전에 남긴 것으로, 미국 동부의 두 가지 이미지를 가리킨다. 첫 번째 이미지가 '엘 그레코가 그린 밤 풍경', '원래 모습 그대로를 그려본다는 것이 거의 불가능한 왜곡된 인상'이라면, 두 번째 이미지는 비록 미래에 대한 낙관은 사라졌지만 그럼에도 사라질 수 없는 '찬란한 아침'에 대한 희망과 전진의 모습이다. 분명한 것은 동부를 돌이킬 수 없이 망가뜨린 왜곡된 이미지의 중심에 술 취해 정신을 잃고 들것에 실려 정처 없이 떠도는 여성이 있다는 점과 '황홀한 미래'와 '찬란한 아침'을 향해 나아가는 힘의 원천이 '초록색 불빛'에 대한 개츠비의 믿음에서 온다는 점이다. 그러나 개츠비가 붙잡고자 한 '초록색 불빛'은 데이지가 상징하는 '사랑, 돈, 혹은 재고의 여지가 없는 현실 같은 것들'과 그리 멀지 않다. 결국 개츠비와 닉은 모두 세속적 성공과 부를 추구했다. 그러나 한없이 가볍고 쾌락적인 욕망의 세계에 강하게 이끌리면서도 그 세계에 '너무' 몰입하는 것에는 저항하는 교양 있는 중산층 남성 닉에게 이는 받아들이기 어려운 결론이다. 닉이 개츠비에게 강하게 이끌린 것은 개츠비가 그 세계를 향해 두려움 없이 나아가다가 몰락했기 때문이다. 그리하여 닉과 같이 매혹과 불안 사이에서 방황하는 교양 있는 중산층 남성들은 개츠비의 죽음을 애도하고 그의 죽음에 존재론적, 철학적, 역사적 의미를 덧붙인다. 개츠비의 위대함은 바로 이러한 닉들Nicks의 불안을 먹고 자란다.

아름답게 미친 여자들, 그들은 누구인가

_앙드레 브르통, 《나자》*

이라영

모든 예술을 사랑한다. 개별 작품보다 작품을 둘러싼 사회구조와 역사에 관심이 많아 프랑스에서 예술사회학을 공부했다. 현재 여러 매체에 기고하며 예술과 정치에 대한 글쓰기를 이어가고 있다.

* 앙드레 브르통, 《나자》, 오생근 옮김, 민음사, 2008.

'현실에 대한 직시'를 위하여

혹시, 안면 근육에 힘이 풀린 듯 입을 야무지게 다물지 못하고 초점 없는 눈빛으로 멍하게 어딘가를 응시하는 표정으로, 다소 흐트러진 머리 모양에 적당히 신체가 노출된 옷차림을 별로 신경 쓰지 않으며, 나른한 듯하다가 어느 순간 뜬금없는 소리를 해서 사람을 알쏭달쏭 헷갈리게 만들고, 다른 사람의 시선은 신경 쓰지 않고, 갑자기 기분이 바뀌어 주변 사람을 당혹스럽게 만들고, 천진하게 이 세상 사람이 아닌 듯 순수하게 굴다가, 예고 없이 관능미를 폭발하는 그런 여자를 본 적이 있는가. 있을 것이다. 물론 젊고 아름다워야 한다. 현실에서 만날 가능성은 극히 드물지만 이런 여성은 영화와 문학 등에서 다양한 방식으로 변주되었다. 이는 19세기 후반과 20세기 초의 미술 작품에서 발견되는

이라영 **135**

보헤미안 여성의 모습인데 오늘날에는 패션 화보 속에서 종종 찾을 수 있다.

여성은 남성 창작자의 욕망을 자극하는 존재로 구현되어왔다. 이 여성들은 창작자 남성을 우러러보며 사랑하고 남성의 말을 잘 듣는 동시에 그에게 새로운 언어를 준다. 많은 남성 창작자의 언어로 그려진 여성의 '아름다운' 모습에는 엉뚱함, 순수함, 발랄함, 경쾌함, 발칙함, 수수께끼 같은 모습이 뒤섞여 있다. 이 여성들의 몸은 매우 아름답게 그려지는 동시에 누군가에게 구타당하는 몸이 되기도 한다. 그들의 아름다움은 순수하면서도 기괴하다. 절대적 순수를 상징하는 이 아름다운 존재는 훼손될 위기에 처했기에 더욱 위태로워 보인다. 이러한 여성 인물의 계보를 거슬러 올라가다 보면 '나자'라 불리는 한 '미친 여자'를 만날 수 있다.

《나자》와 초현실주의 문학에 대해서는 여러 화두를 꺼낼 수 있다. 근대 도시를 산책하는 남성 만보객의 시선, 여성 신체에 대한 파편화된 이미지, 예언자 정체성, 여성과 정신질환의 상관관계, 사랑과 혁명을 위한 예술 등의 화두가 꼬리에 꼬리를 물고 이어진다. 생각하기를 자극한다는 면에서 《나자》는 분명 흥미로운 작품이다. 이 글에서는 '나자가 누구인가'에 집중하려 한다. 소설 속의 나자에서 현실의 나자로 시선을 옮길 생각이다. 아름다움의 객체나 미치광이 예언자가 아니라 노동하는 몸을 가진 한 인간을 생각하려 한다. 그것이야말로 브르통이 지향하는 '현실에 대한 직시'에 가장 가까울 것이다.

무의식과 우연에 의지한 글쓰기

앙드레 브르통의 《나자》는 루이 아라공의 《파리의 농부》와 함께 대표적인 초현실주의 문학으로 꼽힌다. 《나자》는 〈르몽드〉에서 선정한 20세기에 기억할 만한 문학 백 편 중 하나로 선정되었고, 브르통의 자필 원고가 프랑스 국보로 등록될 정도로 예술사에서 큰 권위를 인정받는다. 내용만이 아니라 글쓰기의 방식에도 주목할 지점이 있다. 《나자》는 '소설'이라는 장르에 속하지만 이전의 전통적 소설과는 형식과 내용 면에서 확연히 다르다. 이야기를 만들지 않고, 실제 일어난 사건이나 실존 인물을 의식의 흐름대로 서술했다는 점에서 그렇다. 오토마티즘, 즉 이성을 배제한 무의식에 의지한 글쓰기 말이다.

브르통이 왜 이런 방식의 글쓰기를 주창하고 실천했는지에 관해서는 1924년 발표된 〈초현실주의 선언〉을 참고할 수 있다. 초현실주의 운동의 시작을 알린 〈초현실주의 선언〉은 나자를 만나기 2년 전에 발표됐다. 이 선언서에는 '객관적 우연hasard objectif' 이라는 개념이 등장한다. 브르통은 "순수 상태의 심리적 자동운 동", "미학적이거나 도덕적인 모든 배려에서 벗어난, 사고의 받 아쓰기"*를 초현실주의로 정의한다. 그는 동시대 소설의 범람을 비판했다. 사람들이 허구의 이야기가 아닌 사실과 현실을 직시하 길 원했다.《나자》의 도입부에서도 "아주 다행스럽게도 소설적 인 줄거리 꾸미기로 이루어진 심리 문학의 시대는 끝날 날이 얼 마 남지 않았다"(18)고 말했다.

이러한 미학적 실험과 함께 현실을 바꾸길 원했던 초현실 주의자들은 정치적인 참여도 시도했다. 1차 세계대전을 겪으면 서 많은 사람이 충격을 받았고, 예술가들과 지식인들은 인간의 이성에 어느 때보다 회의적이었기에 절실한 마음으로 현실을 바꾸고자 했다. 잘 알려졌다시피 브르통의 사상은 각각 랭보와 마르크스의 말인 "삶을 바꾸자 changer la vie"와 "세상을 변화시키 자 transformer le monde"에서 영향을 받았다. 그에게 예술은 삶을 바꾸 고 세상을 변화시키는 추동력을 줄 수 있는 것이어야 했다.

의학도였던 브르통은 세계대전이라는 충격적인 사건을 마주 한 이들이 겪는 정신적 고통을 가까이서 접하며 정신질환에 대해

---

* 앙드레 브르통,《초현실주의 선언》, 황현산 옮김, 미메시스, 2012, 90쪽.

서도 다른 관점을 갖는다. 그는 정신질환에서 결핍만 보기를 거부하고 오히려 창조적 능력을 보려 했다. 나아가 20세기 초 정신분석학의 선구자였던 프로이트에게 관심을 가지면서 무의식을 혁명의 세계로 이끌어줄 중요한 동력이라 여기기 시작했다.*

전쟁이 끝난 후 의과대학을 그만둔 브르통은 1923년 그동안 써둔 시를 모아 시집을 출간하고 초현실주의 그룹을 만들었다. 나자를 만난 1926년부터 쓰기 시작해 1928년 출간된 《나자》에는 아직 브르통과 결별하지 않은 동료들이 실명으로 등장한다. 브르통은 책 출간 후, 이 작품에 등장하는 많은 예술가와 다른 길을 걸었다. 그는 정치적 견해나 예술적 지향점 등에 대한 차이로 동료들과 불화가 잦았기에 꾸준히 예술가를 만났지만 꾸준히 결별했다. 로베르 데스노스와 자크 프레베르 등도 1929년 초현실주의 그룹에서 제명했다. 1932년에는 아라공, 1938년에는 폴 엘뤼아르와도 결별했다. 브르통의 이런 면모는 초현실주의에 대한 그의 단호함을 보여준다. 그러나 동시에 살바도르 달리를 만나 두 번째 〈초현실주의 선언〉을 발표하기도 하는 등 자신만의 방식으로 초현실주의를 발전시켜나가기도 했다.

* 브르통은 1922년에 불어로 번역된 프로이트의 저작을 본격적으로 읽기 시작했다. 그러나 점점 프로이트와 견해 차이가 생겼다. 핼 포스터, 《강박적 아름다움》, 조주연 옮김, 아트북스, 2018, 34~35쪽 참조.

브르통, 나자를 만나다

《나자》는 자동기술법 글쓰기로 자전적 이야기를 풀어낸 앙드레 브르통의 3부작 중 첫 번째 작품이다. 두 번째는 1932년의 《연통관Les Vases communicants》이고, 1937년의 《광기의 사랑L'Amour fou》으로 3부작이 완결된다. 《연통관》은 프로이트의 《꿈의 해석》에서 영향을 받았지만 꿈에 대해 프로이트와는 반대의 견해를 보여주고, 《광기의 사랑》은 한 여성과의 우연한 만남을 다루면서 객관적 우연이라는 초현실주의의 화두를 끌고 간다. 이들 작품은 20세기 초 미술과 문학에 많은 영향을 끼친 브르통의 초현실주의가 지향하는 미학을 잘 담아낸 대표작이다. 세 작품 모두 여성이 중요한 역할을 한다. 실제로 초현실주의에서 여성은 매우 중요한 위상을 차지했다. 현실을 바꿀 새로운 사유를 강렬히 원했던 초현실주의자들이 여성을 이성에서 벗어난 새로운 관점을 제공해줄 통로로 여겼기 때문이다.

《나자》는 브르통이 파리에서 우연히 만난 여성 나자와의 대화, 나자의 이야기, 나자를 통해 브르통이 느끼는 감정, 나자와의 관계가 끊긴 후 그에 대한 기억, 나자의 영향으로 변화한 브르통의 예술관 등을 무의식에 의지해 기록한 작품이다. 창조한 이야기가 아닌 연상 작용을 통한 기록인 셈이다.

《나자》는 세 장으로 구성되어 있다. 두 번째 장이 나자의 세계를 본격적으로 다루는 본문이라면, 첫 번째 장은 나자와의 관계로 들어가는 문, 세 번째 장은 나자와의 관계에서 나오는 문(동시에 다른 여성에게 들어가는 문)이라고 할 수 있다. 그러니까 이 소설에서 나자는 하나의 세계다.

"나는 누구인가?"로 시작하는 첫 번째 장은 "사실상 이런 질문은 모두 왜 내가 어떤 영혼에 '사로잡혀 있는가'를 아는 것으로 귀착되는 문제가 아닐까?"(11)라는 질문으로 넘어간다. 브르통은 자신이 사로잡힌 것들과 인생에서 인상 깊었던 사건들을 비유기적으로 기술한다. 예술과 비평에 관한 생각, 파리와 낭트 등의 도시에서 기억에 남는 장소, 당시 교류하던 작가들과 작품들에 대한 인상 등을 언뜻 보기에는 별 인과관계 없이 열거한다. 그러나 그가 이야기하는 사물, 장소, 인물, 사건을 통해 '급격히 연결되는 사건들 사이에 있는 수많은 매개체들의 위치를 작성'하려 시도하기도 한다. 물론 초현실주의 운동에 대해서도 언급한다. 첫 번째 장에서 가장 눈여겨볼 내용은 브르통이 1921년 관람한 연극 〈미친 여자들〉을 언급한 대목이다. 연극의 주인공 솔랑주가 등장하는 순간을 브르통은 이렇게 묘사한다.

갈색 머리인지 밤색 머리인지 잘 모르겠다. 젊다. 우수와 절망과 섬세함과 냉성함을 남고 있는, 눈부시게 아름나운 눈, 날씬한 몸매와 진한 색 원피스에 검정색 비단 스타킹을 한 검소한 차림새이다. 그리고 우리가 아주 좋아하는 약간 '흐트러진' 모습도 보인다.(45)

〈미친 여자들〉은 브르통에게 강한 인상을 남겼다. 브르통은 이 연극을 소개하는 데 꽤 많은 분량을 할애한다. 특히 그는 주인 공 솔랑주 역할을 한 배우 블랑슈 데르발*의 아름다움에 한껏 빠 져 그의 소식을 더는 알 수 없게 되자 안타까움을 표한다. 이 대 목 옆에는 사진작가 앙리 마뉘엘이 찍은 데르발의 사진이 실려 있다.** 당시 여성들에게 유행하던 짧은 단발머리에 어깨까지 늘 어진 긴 귀고리, 소매 없는 가르손느 스타일의 복장을 한 데르발 이 어딘가를 응시하는 모습이다.

두 번째 장에서 브르통은 드디어 나자를 만난 이야기를 시작 한다. 1926년 10월 4일 파리에서 길을 건너던 브르통은 우연히 다른 사람들과는 달리 '머리를 높이 쳐들고 걷는' 한 여성을 보

---

* 블랑슈 데르발은 20세기 전반에 프랑스에서 배우로 일하며 연극과 영화에 출연했다. 1930년대 말 스위스 로잔에 연극 학교를 세웠다.

** 소설에는 모두 오십 개의 이미지가 담겼다. 《나자》는 이미지를 글 과 함께 '읽으며' 브르통의 의식을 적극적으로 따라가는 독서가 요구되는 작 품이다.

았다. 가냘픈 몸매는 휘청거리는 듯했고, 알 수 없는 미소를 지었고, 화장은 하다가 만 것처럼 눈 화장만 진했다. 이것이 나자를 만난 첫날의 외모 묘사다. 독특한 눈 화장이 눈에 띄었다는 브르통은 "한 번도 그런 눈을 본 적이 없었다"(65)고 고백한다. 여자도 브르통을 본 것 같았기에, 그는 주저하지 않고 여자에게 말을 건다. 이 여성은 다행히 미소를 지었고 그 미소는 '너무나 신비'로웠다. 여성은 처음 만난 남자에게 자신이 어떤 남자와 헤어지고 릴에서 파리로 왔다는 이야기를 늘어놓는다. 이어서 자신의 이름을 말한다. 나자Nadja라는 이름인데 러시아어 '희망надежда'의 어원이라고 한다. 그날 이후 두 사람은 카페나 와인 바 등에서 자주 만나고 서신 교환도 하면서 관계를 이어간다. 책에 실린 오십 개의 이미지 중에는 나자가 브로통에게 그려준 그림들도 포함되어 있다. 이 그림 중 일부는 1964년《나자》가 재출간될 때 표지에 실렸다.

그러나 브르통은 시간이 갈수록 나자에게 점점 불만이 쌓인다. "약속 시간에 무관심해지고, 그녀가 말하는 쓸데없는 이야기와 내게는 아주 중요한 의미를 갖는 이야기를 전혀 구별할 줄도 모르고, 나의 일시적인 기분의 변화에는 신경도 안 쓰고, 자기가 저지른 아주 나쁜 잘못은 묵인하면서 내가 얼마나 어려움을 겪는지 따위는 무시하기로 단단히 작정이라도 한 듯한 태도였다."(138) 그리고 나자가 이런 행동을 하는 이유는 '정상이 아니었기 때문'이라고 한다. 그해 겨울 파리의 갤러리에서 이 두 사람을 함께 만났던 피에르 나빌의 증언은 둘의 관계를 짐작게 한다. "정말 이상한 여자였습니다. 그 여자는 갈라와 비슷했어요. (…) 앙드레는 여자에게 화를 내기 시작했죠."* 여기서 '갈라**와 비슷'하다는 말은 아름다우면서도 기괴하다는 뜻이다. 나빌은 평소에 브르통이 동료 초현실주의 작가들에게 나자가 갈라처럼 환상적인 눈빛을 보인다고 말해왔던 사실을 떠올렸다. 독특한 분위기를 뿜어내는 나자의 외양은 갈라와 비슷했지만, 나자는 사람들 속에서 잘 적응하지 못했고, 브르통은 그런 나자의 모습에 화를 냈다. 나자와의 불안정한 관계를 지속하던 브르통은 어느 날부터 더는 나자를 만나지 못한다. 나자가 머물던 호텔에서 정신병원으로 이송되었다는 소식만 전해진다.

세 번째 장은 나자와 헤어진 후의 기록이다. 브르통은 다른 여성에게 "나자는 나의 예감과 일치하는 사람이었는데, 당신에게는 완벽할 정도로 나자의 모습이 숨어 있었습니다"(162)라고 말하며 그를 '당신'이라 부른다. 브르통은 '당신'에게서 나자를

* Pierre Naville, *Le Temps du surréel*, Galilée, t.1, Paris 1977, p. 357 cité dans Albach, p.166.

** 초현실주의 예술가인 살바도르 달리의 아내로 달리의 예술 세계에 중대한 영향을 끼친 인물이다.

아름답게 미친 여자들, 그들은 누구인가

본다. 그리고 소설은 초현실주의 미학을 상징하는 유명한 다음 문장으로 끝난다. "아름다움은 발작적인 것이며 그렇지 않으면 아름다움이 아닐 것이다."(165)

《나자》는 초현실주의 작가들이 여자를 '수수께끼'로 보는 시각을 매우 잘 대변한다. 나자만이 아니라 이 작품에서 언급되는 여성들은 대체로 수수께끼 같은 모습이다. 그들은 그야말로 '발작적'으로 나타나 홀연히 사라지고, 미래를 예언하는 듯 묘한 말을 하거나, 눈에 보이지 않는 것을 보고 있는 것처럼 말한다. 적당히 신비스럽고 적당히 흐트러진 이 여자들은 과연 실체가 있는 인물인가.

나자는 누구인가

《나자》는 브르통의 질문 '나는 누구인가'로 시작하지만, 글을 읽으면 읽을수록 '나자는 누구인가'라는 의문이 생긴다. 도대체 나자는 누구인가. 갑자기 길에서 만난 낯선 남자에게 자신의 이야기를 줄줄 읊어대다가, 제 기분 내키는 대로 행동하고, 상대방의 말은 잘 듣지도 않으며, 주변에서 그에게 던지는 추파에 열심히 반응을 보이고, 상대방을 당혹스럽게 만드는 재주를 부리다가 사라지는 이 이상한 여자의 정체는 무엇인가. 첫 만남 후 헤어지기 직전 브르통이 나자에게 "당신의 정체는 무엇인가요?"라 묻자 나자는 다음과 같이 답한다. "나는 방황하는 영혼이에요."(73)

우선 브르통의 시각에서 묘사된 나자를 살펴보자. 브르통이 나자의 화장을 자세히 묘사하며 금발 머리에는 어울리지 않는다고 평하는 것으로 보아 나자는 금발이었다. 시몬 드 보부아르는 《제2의 성》에서 나자의 첫 등장 묘사를 두고 "여자는 항상 어떤 기괴한 특징으로 구별된다"*며 브르통의 문학을 비판한다. 정확히 말하면 이 기괴한 특징은 지극히 외적인 모양새다. 나자는 기존의 규범을 무시하는 분위기를 풍기고, 전혀 이성적으로 보이지 않으며, 나아가 여성에게 요구되는 정숙함과도 거리가 멀어 보인다. 그런데 화장하다 만 것처럼 보이는 이 '규범을 벗어난 외관'이 남성 예술가의 시선을 사로잡는다.

브르통은 한 번도 언급하지 않지만, 나자의 본명은 레오나 델쿠르Léona Delcourt다. 프랑스 북부 릴의 노동계급 출신인 델쿠르는 열여덟에 영국인과의 사이에서 딸을 낳았다. 결혼은 원치 않아 홀로 아이를 키웠는데 이 아이가 어떻게 되었는지는 알 수 없다. 델쿠르는 갓 스무 살을 넘긴 1923년에 파리로 왔다. 모델이나 무용

---

* 시몬 드 보부아르, 《제2의 성》, 이정순 옮김, 을유문화사, 2021, 345쪽.

수, 때로는 불법 약물 판매 등으로 돈을 벌었을 것으로 추정된다. 소설에서, 나자는 자신이 2킬로그램이나 되는 코카인 운반책을 하면서 겪은 일을 브르통에게 이야기한다. 그녀가 경제적으로 매우 절박한 상태였다는 점을 짐작할 수 있다. 나자의 어머니는 나자가 파리에서 무슨 일을 하는지 궁금해하지만 나자는 "불쌍한 엄마, 만약 엄마가 아신다면!"(69)이라고만 말한다. 나자가 자신의 썩 좋지 않은 상황을 릴에 있는 가족에게는 알리지 않았다는 뜻이다.

여기서 다시 브르통이 나자를 만난 첫날을 떠올려보자. 브르통은 침울한 오후를 보내던 어느 날 저녁 뤼마니테 서점*에서 마르크스주의 이론가이자 볼셰비키 혁명가인 레온 트로츠키의 최근 저서**를 산 후 정처 없이 길을 걷는다. 트로츠키가 주장한 노동자에 의한 '영구 혁명'은 당시 서유럽 좌파 지식인들에게 꽤 많은 지지를 받았다. 브르통이 트로츠키의 최근 저서를 구입했다는 것은 그가 프롤레타리아에 의한 정치혁명에 꽤 고무되었음을 짐

---

* Librairie de l'Humanité. 당시에 프랑스 공산당이 소유하고 운영하던 서점으로 오늘날 마르크스주의 전문 출판사 Les éditions sociales의 전신이다. 1920년대에 공산주의 관련 서적을 출판하고 유통했다. 2차 세계대전 이후에 프랑스 공산당PCF의 전문 출판사로 발전했고, 1997년에 프랑스 공산당에서 독립하여 재설립되었다.

** 1924년 출간된 트로츠키의 《문학과 혁명》으로 짐작된다.

작게 한다. 실제로 브르통은 망명 중인 트로츠키와 관계를 꾸준히 유지했다. 이런 브르통이 트로츠키의 책을 손에 쥐고 우연히 '옷차림이 매우 초라한 한 젊은 여자'를 본 것이다. 나자의 경제 상황이 좋지 않다는 점이 첫 만남부터 암시된다. 두 번째 날에는 첫날과 달리 실크 스타킹에 모자까지 갖추어 잘 차려입은 모습으로 나타나지만 세 번째 만남에서는 다시 첫날과 같은 차림새다.

나자의 '초라한 옷차림'에서 그가 읽어내는 것은 무엇일까. 브르통은 잠깐 나자가 파리에서 무슨 일을 할까 궁금해하다가 금세 나자와 주변 사람들의 모습을 스케치하듯 묘사한다. 그러다 하루의 노동이 끝나고 퇴근하는 사람들의 얼굴을 보며 나자가 "선량한 사람들이겠지요"(69)라고 말하자 이에 자극받아 장황한 말을 늘어놓는다. 브르통은 세상을 의심하지 않고 반복적인 노동을 받아들이며 살아가는 사람들에게 비판적이다. 그 '선량함'이 인간 해방을 방해해 끝내 자유를 가로막는다는 게 요지다. 나자는 브르통의 말에 반박하지 않는다. 브르통은 임금 노동자가 처한 현실에 분노하기보다 임금 노동의 굴레에서 '벗어나지 못하는(않는)' 노동자의 무력함에 냉소하는 것으로 보인다. 브르통은 노골적인 마르크스주의자였기에 노동과 노동자에 대한 그의 언설은 의아함을 자아낸다.

실제로 브르통은 나자를 만난 다음 해인 1927년 프랑스 공산당에 가입하지만 공산당의 규율과 잘 맞지 않아 갈등했고, 멀어졌다. 브르통은 노동자가 자본주의 사회구조에 자발적으로 들어가 노동하는 것이 스스로 개인의 자유를 포기하는 행위라는 입장을 고수한다. 《나자》첫 장 후반부에 브르통은 노동에 대한 자신의 견해를 더욱 구체적으로 풀어놓는다.

노동의 윤리적 가치에 대해 더 말하고 싶다. 나는 노동의 개념을 물질적 필요로서 받아들일 수밖에 없고, 그 점에서 노동은 좀 더 공평하게 분배되어야 한다고 생각한다. 삶의 끔찍한 의무들은 나에게 노동을 강요하고, 다른 사람들은 내게 그것을 믿도록 하여 나의 노동이나 다른 사람의 노동을 존중하라고 요구하지만, 나는 결코 동의하지 않을 것이다.(60)

나자는 마약 운반을 맡을 정도로 상황이 매우 절박한 빈곤계층 여성이다. 브르통도 이를 모르지 않는다. 브르통은 나자를 금전적으로 도와주기도 했다. 이렇듯 나자는 불안정한 노동으로 생계를 유지하는 노동자이며 약간의 창작 활동도 한다. 하지만 브르통이 나자에게서 보려 한 정체성은 노동자나 창작자가 아니다. 나자와의 첫 만남에서 브르통이 발견하는 감정은 '경쾌함'이다. 그리고 브르통에게 이 경쾌함은 '자유로움'이다. 퇴근길 도시 노동자들의 얼굴에서 자유가 없는 삶을 보며 분개하던 브르통은 나자에게서 빛나는 자유를 본다. 브르통에게 노동과 경쾌함은 양립할 수 없었고, 나자는 "순수하고 지상의 모든 관계로부터 자유로웠으며 생활에 별로 집착하지 않았다"(91)는 점 때문에 더욱 매력적이었다. 나자가 과연 생활에 별로 집착하지 않았을까? 브르통은 나자를 오해했다. 나자는 첫날 브르통에게 자신의 건강 상태가 좋지 않다고 말한다. 온천 도시인 프랑스 중부의 몽도르로 요양을 떠나라는 의사에게 현실적으로 그럴 수 없어서 그저 육체노동으로 치유되길 바란다고도 했다. 그는 빵집, 정육점 등에서 저임금으로 일했던 이야기도 한다. 브르통이 묘사하는 나자의 외양적 특징, 행동과 거리를 두고 나자의 이야기에 집중하면 나자가 지속적으로 겪는 빈곤과 폭력이 보인다.

경제적으로 절박한 상황에 몰려 있는 나자는 브르통에게 "돈을 벌기 위해 어떤 방법을 취했을지를 전혀 숨기지 않았다".(93) '어떤 방법'에는 성매매도 포함되어 있다는 점이 암시된다. 나자는 브르통과 함께 있는 순간에도 끊임없이 주변 남자들의 성적 지분거림에 시달린다. 물론 브르통은 '시달린다'고 생각하지 않으며, 그 일이 나자의 신비한 매력 덕분에 벌어지는 일이라 여긴다. 그는 이런 행동에 언제나 명랑하게 응대하는 나자에게 짜증을 낸다. "세상 여자들 중에서 가장 가련하고 자기 방어 능력이

아름답게 미친 여자들, 그들은 누구인가

없기에 그녀를 만만하게 본 사람들 때문에 때때로 허물어지고 마는 사람이 나자일까?"(115)

브르통이 던진 이 질문이 가장 진실에 가깝다. 겉모습에서 드러나는 나자의 경제적 취약함과 규범에서 벗어난 분위기가 나자를 '만만하게' 만들었다. 나자는 가난하고 '자유로운' 여자였다. 가난한 여성의 '자유로움'은 쉽게 '만만함'으로 오역된다. 그렇다면 나자가 만만하게 굴지 않았을 때 어떤 일이 벌어지는가. 나자는 브르통에게 이야기 하나를 들려준다. 과거에 어느 술집에서 어떤 남자에게 "몸을 허락하지 않았다는 이유로 얼굴 정면을 주먹으로 피가 나도록 얻어맞았는데 (…) 그녀가 여러 번 도와달라고 소리쳤는데도 그 남자의 옷이 그녀가 흘린 피로 물들게 되어서야 비로소 그가 여유 있게 사라져 버렸다"(117)는 이야기다. 브르통은 이 이야기를 듣고 '견딜 수 없이 격렬한 반응'을 보인다. 나자와 브르통의 관계가 본격적으로 흔들리는 계기다. 브르통은 '그녀에게서 영원히 멀어지는 것 같은 느낌'을 받는다. 그리고 나자를 더는 만나지 말아야 한다는 생각에 오랫동안 울었다. 그는 "가까운 미래에 그녀에게 이러한 나날들이 계속 이어질 수 있다는 현실을 감히 생각할 용기가 나지 않았다".(117) 나자가 겪은 폭력이 지속될 것이라는 현실을 외면하고 싶어 하는 브르통의 태도는 나자가 정신병원에 간 이후에도 변하지 않는다. 그는 현실을 마주하지 못했다. 일상에서의 혁명을 추구했지만, 지극히 가난한 여성이 겪는 일상은 견디지 못했다.

　나자의 몸은 희롱당하고, 구타당했다. 초현실주의가 사랑한 절단된 신체가 언제나 여성의 몸으로 나타났다는 점과 닮았다. 인체의 사물화, 정확히는 여성 신체의 사물화다. 장갑, 숟가락, 시계, 전화기, 악기와 연결되는 여성의 몸은 그들에게 예술의 오브제에 불과했다. 나자가 가혹하게 구타당한 이야기를 들려줄 때 브르통이 느낀 거부감은 나자의 몸이 인격체라는 당연한 사실을 마주한 것에 대한 당혹감이라고 할 수 있다. 나자가 겪었을 고통에 감정 이입하면 마음이 너무 아프지만, 그 감정 이입이 나자를 신비화하는 일을 어렵게 만든다. 수수께끼처럼 묘한 나자가 아니라 비참한 현실을 살아가는 나자가 드러나기 때문이다.

　나자의 삶 주변에는 늘 마약, 폭행, 성매매 등이 있었다. 나자는 저임금 노동과 몇몇 남성의 금전적 도움으로 간신히 버티고 있는 것으로 보인다. 품위 유지가 어려운 극빈층에 정신질환까지 있는 나자에게서 브르통이 발견하는 '자유'란 오해의 결과물에 불과하다. 브르통은 나자를 동정해서 돈을 주긴 했지만, 그의 가혹한 현실은 회피한다. 나자의 현실을 외면할수록 그녀는 브르통의 머릿속에서 '자유'의 상징이 된다. 그러나 정작 나자는 자유를 느꼈을까. 나자는 정신병원에 갇혔다. 브르통은 당대의 정신의학을 신뢰하지 않았다. 그는 가난한 사람은 정신병원에서 사실상 치료받지 못한다는 것을 알기에 나자의 병세가 더욱 악화되리라 예상한다. 그러면서도 나자를 찾아갈 엄두는 내지 못한다. 실제로 브르통이 나자가 있는 병원을 방문한 기록은 발견되지 않았다.

앙드레 브르통을 만난 1926년 10월 4일부터 1927년 2월까지, 나자는 브르통에게 많은 편지와 약간의 그림을 보냈다. 편지를 보면 나자는 브르통을 무척 사랑했던 것으로 보인다. 그는 '우리 두 영혼의 결합'을 매우 대단하게 생각했다.* 나자는 1927년 3월 병원으로 이송된 후, 그다음 해에 어머니가 있는 릴에서 가까운 정신병원으로 옮겨졌으며, 1941년 병원에서 사망했다. 공식적 사인은 암이었다. 그러나 당시 정신병원 환자 다수가 영양실조에 시달렸기에 나자도 이를 피해 가지 못했을 것이다.

대체되는 여성들, 그 여자들은 누구인가

나자를 길에서 처음 만난 날, 브르통은 나자의 화장을 보고

---

* Georges Sebbag, *André Breton, l'amour-folie: Suzanne, Nadja, Lise, Simone*, PLACE NE, 2004, p. 52.

배우 블랑슈 데르발을 떠올린다. 첫 장에서 브르통이 많은 분량을 할애했던 데르발에 대한 관심이 두 번째 장에서 나자와의 첫 만남으로 이어진다. 다시, 나자는 세 번째 장에서 '당신'이라는 새로운 여성으로 대체된다.

주요 인물인 나자 외에도 여러 명의 실존 여성이 이 소설과 관련이 있다. 브르통은 남성 동료들은 실명으로 언급하지만, 자신과 결혼했거나 연인 관계였던 여성들의 이름은 언급하지 않는다. 주인공인 나자 외에 이름이 언급되는 여성은 개인적인 관계를 맺지 않은 예술가*나 당시 파리에서 유명한 점술가였던 사코 부인 같은 인물뿐이다. '무의식의 받아쓰기'를 추구한 그에게 여성들은 이름을 가진 특정한 개인이 아니었다. 나자조차 또 다른 여성으로 대체되듯이, 실존했던 여성들은 유령 같은 뮤즈로만 남았다. 《나자》에 등장하지만 이름이 나오지 않은 실존 인물들을

---

* 브르통은 《나자》에서 벼룩시장에서 만난 파니 베즈노Fanny Beznos를 언급한다. 베즈노는 당시 여러 문예지에 시를 실었던 시인이다. 유대인인 베즈노는 페미니스트로서 참정권 운동을 했고 1927년 공산당에 가입해 공산주의 활동가로도 살았다. 그는 2차 세계대전 중 아우슈비츠에서 사망했다. 파니 베즈노가 언급된 부분은 다음과 같다. "생글거리며 웃고 있는 그녀는 어린 아가씨다. (…) 대단히 교양 있던 그녀는, 거침없이 셀리, 니체, 그리고 랭보에게로 이끌린 자신의 문학적 취향을 이야기했다. (…) 그녀의 모든 이야기에서는 위대한 혁명적인 신념이 드러났다."(55~57)

아름답게 미친 여자들, 그들은 누구인가

간단하게라도 살펴보자.

첫째, '아내'는 누구인가. 브르통은 나자를 만난 첫날 자신이 결혼했다고 밝힌다. 브르통의 첫 번째 부인은 시몬 칸Simone Kahn* 이다. 열렬한 마르크스주의 활동가였던 시몬 칸은 초현실주의 그룹 안에서 초기에 꽤 비중 있는 역할을 했다. 그는 브르통이 "걸어 다니는 백과사전", "우리 그룹 전체에서 오직 그만이 카를 마르크스의 《자본론》을 전부 읽은 사람"이라고 평했을 정도로 상당히 지적인 여성이었다.

초현실주의연구소의 기관지 《초현실주의 혁명》 1호 표지에는 초현실주의 작가들이 미국의 초현실주의 사진작가 만 레이를 중심으로 모여 있는 사진이 있다. 사진에 등장하는 인물은 막스 모리스, 로제 비트라크, 자크 앙드레 부아파르, 앙드레 브르통, 폴 엘뤼아르, 피에르 나빌, 조르조 데 키리코, 로베르 데스노스 그리고 시몬 칸이다. 쟁쟁한 초현실주의자들이 참여한 이 문학지에 시몬 칸도 자동기술법으로 쓴 글을 실었다. 그럼에도 브르통은 남성 예술가 동료들은 실명으로 언급하면서 시몬 칸은 여러 차례 '아내'라고만 기록하여 당대 중요한 예술가이며 활동가였던

---

* 시몬은 브르통이 수잔 뮈자르와 만나는 것을 계기로 그와 이혼했다. 시몬은 브르통과 헤어지면서 그동안 가까이 지냈던 다른 초현실주의자들과도 관계를 끊었다. 대신 훨씬 더 적극적인 좌파 활동가로 살았다.

여성 인물을 지워버렸다.

둘째, 《나자》 첫 번째 장에서 초현실주의연구소를 찾아온 여성으로 언급되는, '우리가 나중에 장갑 낀 여자라고 부르게 될' 그 부인은 누구인가. 그는 리즈 드아르므Lise Deharme로 역시 초현실주의 작가다. 호안 미로, 클로드 카엉, 레오노르 피니 등과 협업하며 활발하게 활동했다. 앙드레 브르통도 초창기에 많은 영향을 받았다고 알려졌다.

셋째, 세 번째 장에 등장해 나자를 연상시키는 또 다른 여성 '당신'은 누구인가. 그는 수잔 뮈자르Suzanne Muzard다. 후에 사진작가로 활동했던 뮈자르는 1927년에 브르통을 만났고, 파리를 떠나 밀애를 즐기기도 했다. 다시 파리로 돌아온 브르통은 《나자》의 세 번째 장을 쓴다. 브르통이 1931년 발표한 시 〈자유로운 결합〉은 뮈자르에게 영감을 얻은 작품이다.

브르통에게 아름다움을 보게 해준 나자는 《연통관》에서 '젊은 여자'와 대비되는 '늙은 여자'로 그려진다. 그리고 나자를 연상시켰던 아름다운 뮈자르는 《광기의 사랑》에서 자클린 랑바Jacqueline Lamba로 대체된다.* 《나자》, 《연통관》, 《광기의 사랑》으로 이어지는 3부작에서 여성은 늘 중요한 역할을 하지만, 새로운 여

---

* 3부작의 마지막 편인 《광기의 사랑》은 브르통의 두 번째 아내인 화가 자클린 랑바를 뮤즈로 삼은 작품이다.

성이 등장할 때마다 버려지듯 대체된다. 브르통은 끊임없이 사랑의 대상을 찾고 상실하며, 이 상실을 새로운 만남으로 채우고 다시 상실하기를 반복한다.

예술과 정치 그리고 사랑의 주체

남성 예술가의 무의식에 따라 서술되고 재현된 '초현실적 여성'과 달리 초현실주의 예술에 직접 참여한 여성 예술가는 적극적으로 배제되었다. 많은 여성이 남성의 작품 속에 박제되었지만, 그 여성들의 창작물은 소외된다. 초현실주의 예술가였던 다른 여성들보다, 갈라가 '막스 에른스트의 연인, 폴 엘뤼아르의 아내, 살바도르 달리의 아내'라는 이름으로 더 많이 기억되는 것처럼 말이다.

자클린 랑바는 브르통과 헤어진 후 다음과 같이 말했다. "그는 나를 일이 필요한 화가로 소개하기보다는 나이아스*로 소개했다. 그것이 더 시적이라고 생각했기 때문이다. 그는 그가 보고 싶은 것을 나에게서 보았지만 사실 그는 나를 실제로 보지 못했

---

* 그리스 신화에 나오는 물의 요정.

다."* 랑바를 바라본 브르통의 태도는 그가 나자를 바라본 태도와 동일하다. 초현실주의에 대한 글을 쓸 때도 브르통은 자신이 찬양한 이 여성들의 작품을 거의 인용하지 않았다. 여성 작가들의 생산물에 무심했고, 단지 여성을 '시적'으로 소비했다. 브르통이 여성 작가들을 익명으로 소비하며 사랑의 매개로만 다룬 점은 여성 창작자를 바라보는 남성의 한계를 고스란히 드러낸다.

한병철은 《에로스의 종말》에서 "앙드레 브르통은 에로스에서 보편적 힘을 본다"며 "에로스는 그 보편적 힘으로 예술적인 것과 실존적인 것, 정치적인 것을 한데 묶는다. 에로스는 완전히 다른 삶의 형식, 완전히 다른 사회를 향한 혁명적 욕망으로 나타난다"**고 했다. 그러나 에로스의 '보편적 힘'이 브르통과 동시대를 살아간 여성 예술가들에게도 동일하게 적용되었을까.

시몬 드 보부아르는 브르통이 그토록 갈구하는 '사랑'에 대해 질문한다. 여자도 과연 자신에게서 사랑을 발견했을까. 여성은 남성 창작자에게 타자화되어 사랑의 대상으로 취급받았다. 사랑과 자유에 대한 남성 중심적 시각은 종종 여성을 파괴했다. 여성은 에로스의 대상이 되어 사랑과 혁명의 불쏘시개로 여겨졌다.

* Mark Polizzotti, *André Breton*, Gallimard, 1995, p. 459.

** 한병철, 《에로스의 종말》, 김태환 옮김, 문학과지성사, 2015, 87쪽.

브르통은 나자를 '인간 해방이라는 대의에 봉사하기에 적합한 사람'으로 여겼다.

그렇다면 여성들은 초현실주의에서 배제되기만 했을까? 물론 그렇지 않다. 지금껏 덜 조명되었을 뿐, 여성 초현실주의 창작자들의 존재는 꾸준히 예술의 지평을 넓혀왔다.* 여성 초현실주의자들은 특히 자서전과 자전적 소설을 많이 썼다. 이 여성들은 자기 자신과 자신의 삶에 대해 말하며 남성 초현실주의자들이 여성을 대상화해 존재를 왜곡한 것에 저항했다. 그들의 일기와 자서전은 당대를 반영하는 자료인 동시에 남성 예술가의 시선을 벗겨내고 여성 작가들의 관계를 드러내는 수단이 되어주기도 한다. 예를 들면 리어노라 캐링턴과 레메디오스 바로가 멕시코에서 서로를 분신처럼 여기며 함께한 글쓰기 작업이 그렇다. 여성 초현실주의자의 재발견은 여전히 진행 중이다. 실체가 있는 인격체인 여성 예술가들의 창작을 우리는 아직 제대로 알지 못한다.

* 초현실주의 예술은 운동으로서의 초현실주의가 종결된 후에도 여러 형태로 변형되어 지속되었다.

그리스인 조르바, '자유로운 남자'라는 환상

니코스 카잔차키스, 《그리스인 조르바》[*]

조이한

젠더와 미술에 관한 학술적인 글뿐 아니라 여행, 미술 에세이, 신문 칼럼 등도 쓴다. 번역과 대중 강연도 꾸준히 하고 있다. 《예술가란 무엇인가》, 《책 읽는 여자는 위험하다》, 《모든 것은 소비다》, 《힐마 아프 클린트 평전》, 《가브리엘레 뮌터》, 《케테 콜비츠 평전》 등을 김정근과 함께 옮겼다.

  * 니코스 카잔차키스, 《그리스인 조르바》, 이윤기 옮김, 열린책들, 2009.

《그리스인 조르바》라는 '인생의 책'

구글 검색창에 《그리스인 조르바》의 영문 제목인 'Zorba the Greek'을 치면 285만 개 이상의 결과가 뜬다. 어렸을 때부터 접하는 '반드시 읽어야 하는 세계 명작' 목록에 늘 들어 있으며, 수많은 사람이 '인생의 책'으로 언급하는 책이다. 수년 전에는 여러가지문제연구소 소장 김정운 씨가 이 책을 읽고 '당신은 자유로운가'라는 질문에 괴로워하다 재직하던 대학에 사직서를 냈다는 인터뷰 기사가 나기도 했다.* 그가 유일한 사람은 아니다. 인터넷을 잠시만 뒤져도 '인생의 책'으로 《그리스인 조르바》를 꼽는 사람은 넘쳐난다. 이 책이 '나는 지금 어디로 가고 있는가', '잘 살아

* 전병근, "[인터뷰] 김정운 "그리스인 조르바가 준 선물"", 〈조선비즈〉, 2014.11.15.

가고 있는 것일까'를 고민하는 사람들에게 깨달음을 주었다거나, 세파에 지친 자신을 추스르게 하고 가던 길을 멈추어 방향을 선회하게 했다는 '신앙고백' 같은 글이 차고 넘친다. 전 세계에 걸쳐, 세대를 넘나들며, 수많은 사람이 그 안에서 '자유로운 인간'을 보았고 영감을 받았다는 《그리스인 조르바》를 상당히 늦은 나이게 처음 읽었다. 하지만 왜 내게는 별 감흥이 없을 뿐만 아니라 매력도 없는지 당혹스러웠다. 목적을 갖고 읽은 게 아니었으므로 '마초 이야기'라고 생각하고는 곧 잊었다. 이번에 원고를 쓰면서 다시 읽었을 때 확실히 알았다. 《그리스인 조르바》는 남성을 위한, 남성의 책이라는 것을. 좀 거칠게 이야기하자면 이 책은 '나는 자연인이다'를 꿈꾸는 남성 판타지다. 나약한 지식인인 '나'가 야만적이고 원시적인 남자 조르바에게 바치는 열렬한 찬사다.

물론 일말의 깨우침이 없다고는 말하지 않겠다. 책을 읽다가 노트에 옮겨 적을 만한 구절이 나오는 것도 사실이다. 카르페 디엠, 지금 이 순간을 살라는 메시지는 잠잘 때는 잘 자고, 일할 때는 일에 집중하고, 여자와 키스할 때는 그 일에만 몰두한다는 조르바의 말에서 잘 드러난다. 니체의 영향을 어렵지 않게 짐작할 수 있는 대목이기도 하다. 마음 가는 대로 거칠 것 없이 실행에 옮기는 결단성과 관습, 도덕, 종교적 신념, 국가적 대의명분 등을 '녹슨 고물 총'처럼 여기는 태도, 그리고 사회생활을 위한 가장 기본적인 예의 따위는 밥 말아 먹은 듯한 '자유'가 깃든 조르바의 삶은, 이렇게 저렇게 재고 계산하며 미래에 있을지도 모를 위험이나 실패가 두려워서 하고픈 일을 망설이는 많은 사람의 심장을 뛰게 만든다. 그 과정에서 '냉소적이면서도 불길같이 섬뜩한 강렬한 시선'을 가진 배운 바 없는 60대 노인인 조르바는 많은 명언을 쏟아낸다. 선악을 넘어, 유일신 기독교를 넘어 타 종교도 품어버리거나 종교 자체를 집어던지고, 인간과 동물, 아니 세상 만물과 합일을 추구하고, 이성을 향한 과도한 숭배를 가볍게 깨는 조르바라는 한 인간에 대한 감탄과 경외. 좋다, 다 좋다. 그런데 그것만으로 이 소설을 정리하기에는 이 영향력 큰 소설에 담긴 여성혐오가 너무나 방대하고 일상적이며 강력하다.

'나'와 조르바

자전적인 소설이라는 점을 감안하면 30대 중반의 주인공이자 화자인 '나'는 니코스 카잔차키스 본인인 것으로 추정된다. '나'는 이성 중심의 인간으로 책에 파묻혀 살았으며 글을 쓰고 사색하는 게 장기인, 조르바의 표현을 빌자면 '펜대 운전사'다. '나'는 자신의 삶을 '책 나부랭이와 잉크로 더럽혀진 종이'에 인생을 처박아두고 산, '미적지근하고 모순과 주저로 점철된 몽롱한 방생'이라고 평가한다. '육신의 쾌락을 업신여기'고 오로지 정신적인 것만 추구하던 '나'는 친구가 자신에게 책벌레라고 한 말에 충격을 받고 '자신을 행동하는 삶 속에다 던져 넣을 결심'을 한다. 그런 그가 조르바를 만난 시점은 '삶의 양식을 바꾸려고 결심했던' 바로 그때다. 나약한 지식인인 '나'는 유산으로 받은 광산을 되살리기 위해 크레타로 가다가 우연히 조르바를 만나 그의 매력에 빠져, 그를 십장이자 요리사로 고용해 고향 크레타로 향한다. 책은 그렇게 만난 두 사람이 크레타섬으로 가서 광산을 추진하다가 쫄딱 망하는 과정에서 일어난 일들을 서술한다.

조르바는 정확히 그런 '나'의 대척점에 있는 인물이다. 도수 높은 술을 마셔야 하고, 곡괭이와 타현악기 산투르를 다루며, 단지 하고 싶다는 이유로 특별히 악인도 아닌 광산 시찰원을 패고, 여자는 섹스 상대거나 근심과 잔소리만 제공하는 마누라뿐이라고 말하는 남자. 거친 힘과 생존력을 보여주는 남자가 조르바다. '도둑질도 해봤고 사람도 죽여봤고 거짓말도 해봤고 계집들도 무더기로 데리고 자본 사람, 계명이라는 계명은 깡그리 어긴 인간'인데, 그러면서도 하느님을 겁내지 않는다. 특히 섹스에 관해서라면 말이다. "하느님이 미쳤다고 지렁이 앞에 앉아 지렁이가 한 짓을 꼬치꼬치 캔답니까? 그리고 그 지렁이가 이웃에 있는 암지

렁이를 꾀어 먹고 금요일에 고기 한 입 먹었다고 화를 내며 질책할 것 같소? 염병할!"(339) 그렇다. 그가 무슨 짓을 하든 하느님은 개의하지 않으신다. 사람들은 아무래도 조르바의 거침없음에 뒤통수를 맞은 듯 환호하는 모양이다. 이런 성적 해방이 모든 인간에게 적용되었다면 나도 고개를 끄덕였을 것이다. 하지만 조르바는 자신을 포함한 남자들의 성에는 신의 관대함을 역설하면서 여성의 성은 '악마'와 연결한다.

신에 대한 조르바의 생각은 전통적인 기독교 교리를 넘어서는데 그것 또한 수많은 사람의 뒤통수를 치는 '깨달음'이 되었을 것이다. 조르바가 생각하는 신은 자기 자신과 비슷하다. 신도 '나처럼 죽이고, 부정한 짓을 하고, 사랑하고, 일하고, 나처럼 불가능한 일 하기'를 좋아하며, '먹고 싶을 때 먹고 여자를 고른다'. 단지 자신보다는 "좀 더 크고, 힘이 세고, 나보다는 돌아도 좀 더 돌았겠지요만……"(155)이라고 말하면 그뿐이다. 조르바는 여기서 멈추지 않는다. 그에게는 '악마나 하느님이나 그게 그거'다. 그런 그가 두려워하는 게 딱 한 가지 있다. 바로 나이 먹는 것이다. 그는 늙는 걸 창피하게 여긴다. 그래서 기침도 참고 등이 아파도 안 아픈 척한다. 세상에 여자가 너무나 많아서 그녀들을 두고 죽을 걸 생각하면 억울해 미치겠단다.

'나'가 조르바를 찬양하는 대목을 보면 '나'에게 모든 것을 경험한 남자에 대한 동경, 세상을 머리가 아닌 몸으로 겪어 깨닫는 남자에 대한 동경이 있다는 점을 알 수 있다. 조르바는 생각보다 행동이 앞서고, 그때그때의 감정에 충실한 야만적이고 원시적인 남자다. '나'는 그런 조르바를 보고 '진짜 사내'를 보았다고 감탄한다. '피가 뜨겁고, 뼈가 단단한' 사나이, 거친 힘과 생존력을 지닌 정열이 뭔지 아는 남자라는 것이다. '나'가 '모든 사물을 매일 처음 보는 듯이 대하는' 조르바를 만난 후 '세상이 다시 태초의 신선한 활기를 되찾고 있는 기분', '물, 여자, 별, 빵이 신비스러운 원시의 모습으로 되돌아가고 태초의 회오리바람이 다시 한번 대기를 휘젓는 것' 같은 기분을 느끼는 대목은 사랑에 빠진 상태에 대한 묘사를 떠오르게 한다.

그러나 모든 걸 머릿속으로만 생각하고 직접 경험하기를 두려워하는 '나'와 마찬가지로, 온갖 것을 경험하고 그때의 감정에 따라 거칠 것 없이 행동하는 조르바도 엄밀히 말하면 현실에 발 붙인 인물이라 보기는 어렵다. 둘 다 남성 판타지의 산물이기 때문이다. '나'는 다 망하고 남은 부스러기까지 조르바에게 넘긴 후 떠났지만 이후에도 그가 먹고 마실 것을 염려했다는 문장은 없다. 그는 여전히 여행을 했고 글을 읽었고 호텔에 묵었다. 그를 위해 누군가는 음식을 하고 빨래를 하며 이부자리를 깔았을 것이다. 크레타섬에서 힘든 노동을 마치고 난 후 '나'를 위해 음식을 만든 이는 조르바였다. 이성을 동경하고 이성으로 살아가는 '나'의 육체는 어디에 있는가? 육체와 정신으로 엄격히 분리된 이들의 브로맨스. 사랑과 우정의 경계. 왜 이 둘은 화해하거나 결합할 수 없을까?

여자란 무엇인가?

이 책에는 여성에 대한 온갖 정의가 넘쳐난다. 그런데 여성을 지칭하는 단어는 모두 욕이다. 여성에 대한 욕 없이는 한 페이지도 넘어가지 않을 정도다. 책에 나온 표현만 나열하자면 여자는 절대로 만족할 줄 모르는 '더러운 암캐'이거나, '사내만 보면 발정'이 나고 '돈으로 기를 죽여주면 좋아'하는 '암컷', '꼬랑지에 기름이 잔뜩 오른 암양', 자기를 좋아하는 사람과 싫어하는 사람을 '암캐처럼 촉촉한 코를 내두르며' 분간해내는 '화냥년'이다. '오직 성적 욕망과 남자로부터 받는 관심과 사랑에 목말라하고', '악마의 뼐'로 만들어져서 남자를 못살게 구는 존재이며, '새벽이면 수컷을 잡아먹을 곤충의 암컷'과도 같고, '몽땅 빨아먹어'버리는 통에 사자도 겁내는 '이'와 같은 존재다. 그뿐인가? '샴페인과 과자, 재스민'을 사주면 누구나 여자를 무릎 위에 앉힐 수 있다. 부끄러운 줄 모르는 '씨받이 암말', '잡것', '잡년', '암소', '늙은 세이렌', '늙은 물개', '골이 빈 것'들이자, '찢어진 깃발 같은 년'이고 천 번을 깔려도 처녀로 다시 살아나는 '요물'이다. 여기에 강간 판타지가 덧붙여진다. 남자가 덮치면 '악을 쓰며 제 얼굴을 제 손톱으로 할퀴며 사내에게 달려들지만 분위기가 무르익으면 눈을 감고 콧노래를 부르'는 '어쩔 수 없는' 존재다. 다른 무엇보다 남자는 '자유를 원하는 인간'이지만 '여자는 자유를 원하지 않기' 때문에, 인간도 아니기 때문에 남자와는 애초에 비교 대상이 될 수가 없다고 조르바는 말한다. 물론 여자가 자유를 원하지 않는다는 말도 사실이 아니지만, 설사 그렇다 쳐도 그는 왜 여자가 감히 자유를 원할 수도, 꿈꿀 수도 없는 상태에 놓였는지 성찰하지 않는다. 성찰은 그의 몫이 아니라 '나'의 몫인데, 성찰만 하는 '나'는 성찰하지 않는 인간 조르바에 홀딱 빠져 있기 때문이다.

조르바는 여자를 무지막지하게 무시하지만, 그런 여자를 경계하라고 끊임없이 경고한다. 여자의 젖가슴은 '상큼하고, 몽글몽글하고, 단단'하지만 속아서는 안 된다. 저것들은 다 '저주받은 악마'일 뿐이다. 그런 악마 같은 여자를 대하는 조르바의 태도는 상당히 모순적이다. 한편으로는 마음대로 데리고 잘 수 있는 멍청하고 '밝히는' 동물이라 멸시하지만, 다른 한편으로는 그런 여자 없이 살 수가 없다. 그가 보기에 남자와 여자의 화냥기는 다른 가치를 지닌다. 그에게 여자의 '화냥기'는 '악마'의 속성이어서 욕먹어도 싼 일이나, 남자의 '화냥기'는 '야성'이며 대지와 하나 되어 펄펄 끓는 정열이다. 전형적인 '내로남불'이다. 조르바는 자기 할머니가 여든 살에도 젊은 여자를 흉내 내며 매트리스를 창가에 깔고 남자가 세레나데를 불러주기를 기다렸다고 말하며 늙은 여자에 대한 혐오를 감추지 않는다. 할머니는 손자의 모욕에 충격받고 시름시름 앓다가 죽었다. 정작 조르바 자신은 죽을 때까지 여자와 자고 싶어서 늙는 게 억울해 미치겠다고 하면서도 늙은 여자가 사랑을 꿈꾸는 건 용납할 수가 없다. 퀸틴 마시스의 그림 〈그로테스크한 늙은 여인〉이 떠오른다. 늘어진 주름살에 추한 얼굴로 가슴을 조여 한껏 여성성을 뽐내고, 젊은 여인의 머리 장식을 한 채 장미 봉오리 한 송이를 손에 들고 구애하는 늙은 여인 묘사에 깃든 여성혐오적 관점이 그대로 반복되는 것 같달까.

하지만 조르바는 여자만 보면 침을 흘렸던 할아버지에게는 깊은 공감을 표한다. 조르바의 할아버지는 백 살이 되던 해에도 젊은 여자에게 성희롱을 일삼았다. 그는 우물로 물을 길으러 가는 처녀 아이에게 추파를 던지고, 가까이 오라고 말하며, 만져보자고 한 뒤에 '육감적으로 얼굴을 쓰다듬'었다. 그러고는 '두 눈에서 눈물이 주르르 흘러내'렸다. 왜 우느냐고 묻는 조르바에게 "애야, 내가 저렇게 많은 계집아이들을 남겨 놓고 죽어 가는데 울지 않게 생겼니?"라고 답한다. 조르바는 "이런 제기랄. 참한 계집들이 내 죽을 때 따라 죽어 주면 얼마나 좋을까!"(117)라고 한탄하기까지 한다. 조르바는 자신이 죽은 후에도 살아남아 '재미 보는' 화냥년들 때문에 억울해 미칠 지경이다. 여자를 동등한 인격체로 본다면 절대로 나올 수 없는 대목이지만, 사실은 전혀 새롭지 않다. 고래로 이런 이야기는 수도 없이 반복되었기 때문이다. 여자를 바라보는 시각도 진부하기 그지없다. 사람들이 조르바에게 감탄하는 이유가 혹시 속으로만 할 이야기를 저렇게 대놓고 하는 데 있는 것은 아닐까?

명예살인이 존재하던 시대, 여자에 대한 혐오는 자기 딸에게도 예외가 아니다. 조르바는 어느 날 딸에게 애인이 생겨 아이를 가졌다는 동생의 편지를 받는다. "우리 가문의 명예는 끝난 겁니다. 나는 마을로 쳐들어가 이 애의 목줄을 끊어 놓을 참입니다."(101) 편지를 읽은 조르바는 단지 어깨를 으쓱하고는 '계집들이란 건 할 수 없는 모양이라고 생각하고는 편지를 찢어'버린다. 여기서 딸에 대한 연민은 찾아볼 수 없다. "여자에게 뭘 기대할 수 있겠어요? 한다는 짓이, 처음 만난 사내와 붙어 새끼를 까놓는 게 고작이오. 사내에게서 뭘 기대할 수 있겠어요? 사내들이란 그 덫에 걸리고 맙니다"(102)라고 말할 뿐이다. 그에게 남자는 단지 '여자의 덫에 걸리는 멍청한 놈'이고, 여자는 '사내와 붙어 새끼

깔 생각밖에 없는 종자'다. 남자가 자기 딸을 예뻐한다고 해도 그 건 '개나 고양이를 예뻐하는 것'과 다르지 않다.

그렇다면 점잖은 '나'는 어떤가? 그는 아름다운 과부를 보고 '탄력 있는 허벅지와 엉덩이를 한 여자 형상의 악령, 마라魔羅'라 고 생각하고 자기 마음속 악령과 싸운다. 과부에 대한 환상과 그 녀를 향한 욕망을 참느라 애쓰는 '나'는 과부가 자신을 향해 "와 요, 어서 와요, 인생은 한줄기 빛처럼 지나가는 것. 어서 와요, 와 요, 와요, 너무 늦기 전에!"(166)라고 소리친다고 생각한다. 이 모 두가 자기 머릿속에서 일어난 일이지만 평생 성찰을 업으로 삼았 다는 '나'는 자기 육체를 제대로 성찰할 능력이 없다. 그는 스스로 를 여자 형상의 유혹자와 대적해 물리친 붓다와 동일시하며 마음 속 '악령'과 싸운다. 자기 마음속에서 일어나는 일을 여자 탓으로 돌리는 것은 너무나도 전형적이다. 그녀는 아무 짓도 하지 않았 다. 만일 성별이 바뀌었다면 이 일이 얼마나 어처구니없는지 금 방 알아차릴 것이다. 한 여자가 옆집 남자의 몸을 훑으며 애달파 하다가 그가 자신을 유혹한다고, 악마라고 소리친다고 가정해보 자. 그 여자는 당장 정신병원에 처넣어질 것이다. 그렇지 않은가?

조르바는 '요부 같은 여자'는 '사내 가슴에 불을 질러 그 불길 에 타 죽게 하니까' 저주받아 마땅하다고 생각한다. 이렇게 여자 는 아무 죄 없이 단지 아름답다는 이유 하나만으로 저주를 받는다. 그는 마을에 아이들이 많이 태어나는 이유가 아름다운 과부 때문이라고도 한다. 마을의 남자들이 마누라를 품고 있으면서도 그녀를 상상하며 일을 치르기에 그녀가 '마을 전체의 정부情婦'라는 것이다. 동네 과부는 온 마을 남자들이 아무렇게나 데리고 놀 수 있는, 입으로 희롱해도 되는 대상이다. 그게 실제이든 자기들 머릿속 상상이나 희망 사항이든 상관없다. 조르바는 "신과 악마가 이 기찬 음식을 당신에게 내린 겁니다. 당신에게 이가 있지요? 그럼 이를 박아요. 손을 내밀어 저 과일을 따 먹어요!"(149)라고 거침없이 말한다. 조르바에 따르면 여자가 아름다운 모습으로 존재하는 이유는 남자들이 '따먹기' 위해서다. 그에게 아름다운 여자를 보고도 손대지 않는 남자는 남자가 아니다.

평생 '생각'과 '성찰'을 업으로 삼아온 '나'는 이런 말을 듣고 무슨 생각을 했을까? 그는 여자를 '시궁창'이라고 말하는 조르바를 배우지 못했는데도 셰익스피어에 버금가는 사실적인 표현을 하는 천재적인 사람이라 여기며 감탄하며 바라본다. '나'는 내내 "교육받은 사람들의 이성보다 더 깊고 더 자신만만한 그의 긍지에 찬 태도를 존경했다".(437) 여기서 우리는 이성이 마비되고 본능만 비대하게 부푼 육체 앞에 무릎 꿇는 남자를 본다. 하지만 책은 그게 '자유'라고 외친다.

조르바의 여성관은 19세기에 일반적이던 양성 구분에서 벗어나지 않는다. 그를 보면 남자는 전적으로 이성과 정신에 속한 존재이고 여자는 머리끝부터 발끝까지 성감대뿐이며 자아도 없다고 쓴 오스트리아의 심리철학자 오토 바이닝거의 주장이 떠오른다. 이성과 정신으로 정의되는 남자는 이 책에서 '나'로 대표되고, 그런 '나'는 야성적인 '진짜 남자'에게 경배를 표하지만, 조르바나 '나'에게 암컷 혹은 여자는 혐오의 대상으로만 남는다. '나'는 이야기꾼인 조르바의 인생 경험담을 들으며 "내가 보고 들은 것을 깡그리 지우고 조르바라는 학교에 들어가 저 위대한 진짜 알파벳을 배울 수 있다면……"(111)이라고 생각한다. 이로써 그는 분리된 육신과 정신이라는 '영원한 적대자'를 화해시키고 싶어 한다. 하지만 '나'는 육신과 정신을 화해시키지 못한다. 그가 설정한 '육신의 현현'인 조르바가 순전히 왜곡된 남성성이라는 판타지에 기대고 있기 때문이다. 거칠 것 없이 페니스를 휘두르며 자유인이라 주장하는 상상 속 남성성. 평생 책상 앞에서 '나'가 했다는 공부와 성찰은 과연 무엇이었을까?

여자를 위한다는 말

조르바가 더욱 위선적인 것은 그가 성적 대상화를 여자를 위한 일로 정당화한다는 점이다. 그에게 여자는 인간이 아니므로 감정을 품을 이유도 없고, 법률과 종교도 가질 능력이 없는 그저 '가엾은 피조물'일 뿐이다. 조르바는 과부가 혼자 사는 걸 못 견딘다. "그 여자가 혼자 잔다는 게 참을 수가 없어요. 두목, 그래서는 안 돼요. (…) 누가 이 불쌍한 과부를 끼고 자주어야 내 마음이 편할 텐데, 그렇지를 못합니다."(157) 그는 함부로 여자를, 과부를 불쌍하게 여긴다. 그는 여자와 섹스할 수 있는데도 거절하고 도망가면 다음 생에 노새로 태어난다고 말한다. 비대한 자아를 지닌 이 마초 남성은 오로지 불쌍한 여자를 기쁘게 해주기 위해 여자의 꽁무니를 따라다닌다고 말한다. 그러니 남자의 화냥기는 불쌍한 여자를 향한 '육보시'거나 악마와 같은 여자가 유혹한 탓이다. 그러므로 내 '물건'은 죄가 없다.

조르바를 비롯한 남자들의 과대망상은 세상 거칠 것 없이 펼쳐진다. 과부는 남자만 보면 몸이 달아올라 언제든지 치마를 올릴 준비가 되어 있고, 남자라면 그 유혹에 '넘어가줘야' 하며, 여자가 유혹하는데도 응하지 않는 건 남자가 아니다. 소설에서는 마을의 과부가 아무도 자신을 편들어주지 않는 상황에서 잠시 자기 편을 들어준 '나'와 조르바에게 고마움의 표시로 오렌지를 보내는 대목이 나온다. 그들은 이를 '접근 허락'의 표시로 생각한다. 그들은 여자가 표하는 감사의 미소나 친절을 호감의 표시로,

그리스인 조르바, '자유로운 남자'라는 환상

몸을 허락하는 증표로 받아들인다.《친절하게 웃어주면 결혼까지 생각하는 남자들》*이라는 책이 떠오르지 않는가? 어찌나 정확한 책 제목인지! 이 대목은 육체적 욕망을 억누르고 살던 '나'와의 대립에서 더욱 과장된 측면이 있다. 하지만 그러면 차라리 솔직하게 자신의 욕망을 인정할 일이지, 그걸 여자를 위해 '봉사'한 거라고 말하는 것은 위선이다. 그렇게 온 마을 남자들의 성적 대상이 된 과부는 그들의 상상 속에서 '걸레'가 되어 마을에서 쫓겨나거나 마을 사람들에게 돌 맞아 죽는다. 이 책에서 과부는 자신을 사랑해서 쫓아다닌 마을 청년의 스토킹에 시달리는데, 자기 마음이 받아들여지지 않아 상심한 청년이 자살하자 이에 분노한 청년의 친척과 마을 사람들 손에 죽임을 당한다.

이 책이 영리한 건, 여성혐오적 대목을 인간에 대한 연민과 뒤섞어놓는다는 데 있다. 천박한 욕망덩어리인 데다 화려한 과거를 놓지 못하는 늙고 뚱뚱한 '퇴물 창녀'를 '자유인' 조르바가 인간에 대한 크나큰 '연민의 마음'으로 품어주듯이 묘사하는 것이다. 조르바는 천하의 바람둥이 제우스도 단지 여자를 위해서 섹스했을 뿐이라고 말한다. 신화에서 제우스는 여자와 '섹스'한 게 아니라 여자를 '강간'한 것임에도 '여자를 위해' 한 행동이라고

* 박정훈,《친절하게 웃어주면 결혼까지 생각하는 남자들》, 내인생의 책, 2019.

주상하는 것이다. 소르바에게는 제우스야말로 진정으로 '여자들의 고통을 이해하고 그들을 위해 자신을 희생시킨' 존재다. 그에 따르면 제우스는 '욕망과 회한으로 인생을 낭비하고 있는 노처녀, 혹은 아리따운 유부녀', '괴물 같은 여자라도' '귀찮은 내색 한번 하는 법 없이' 최선을 다해 그들이 녹초가 될 때까지 섹스를 해준다. 결국 모든 것을 다 뺏기고 죽은 그의 뒤를 이어 그리스도가 이 땅에 와서는 제우스의 꼴이 말이 아닌 걸 본 후 "여자를 조심할지니"라고 했다는 것이다.

조르바가 여자를 위하는 척하는 대목은 이뿐만이 아니다. 결혼도 상대 여자에게 베푸는 시혜다. "그 가엾은 여자가 순간이나마 자기의 환상을 즐기며 다시 한 번 탄탄한 유방을 출렁거리는, 에나멜 가죽 궁정화와 실크 스타킹을 신은 젊은 여자로 되돌아가게 해주려고 했다. 그런 일들이 우리의 젊음을 환기시키는 기쁨의 표적이 되지 못한다면 그리스도의 부활인들 무슨 소용이 있다는 말인가?"(335) 이렇게 여자를 위하고, 여자가 원하는 것을 해주려고 필사적인 남자더러 여성혐오자라고 하니 억울해서 가슴을 칠 일이 아닌가. '내가 여자를 얼마나 좋아하는데 어떻게 내가 여성혐오자야?' 그렇다. 그들은 자신이 여성혐오자라는 걸 받아들일 수 없다. 모든 게 그 '불쌍한' 것들을 위해 제 한 몸 불사른 숭고한 희생일 뿐이다.

자신의 성욕을 '자연', '정열', 심지어 불쌍한 여자를 위한 '봉사'로 왜곡하던 조르바는 남자의 성욕은 좀 더 모호한 표현으로 미화한다. "인격으로서의 여자는 사라지고, 젊든 늙든, 아름답든 추하든(이런 것은 별로 중요하지 않은 장식에 불과했다) 용모는 그의 눈에 보이지 않았다. 모든 여자 뒤에는 위엄이 있고 신성하고 신비스러운 아프로디테의 얼굴이 떠오르는 것이었다"(64)라는 대목은 섹스만 할 수 있다면 여자의 용모나 천박함 따위는 아무 상관이 없다는 의미로 해석할 수 있고, 어떤 여자든 자신이 그 안에 있는 신성을 본다는 의미로 독해할 수도 있다. 이로써 조르바의 성욕은 자연의 순리이자, 정열이며, 자유를 꿈꾸지 못하므로 인간이 될 수도 없는 존재에게 무한한 연민을 느껴 자기 한 몸 불살라 마지막 한 방울의 정액까지 쏟아내는 살신성인의 정신이자, 끔찍한 암컷에게서도 신성을 보고 봉사하는 고귀한 정신으로까지 승화된다.

맨박스 Man box 에 갇힌 상상 속 '자유인'

상상 속 남성성에 과도하게 집착하는 책의 주인공들은 여자 앞에서는 울지 않는다. 자신의 감정을 왜곡하고, 여성을 타자화하고 모욕하는 것으로 자존감과 우월감을 지켜낸다. 그들이 타인에게 공감하고 진정으로 사랑을 나누며 육체와 영혼의 이분법을 극복할 가능성을 보여줄 수 있을까? 책에는 그들이 여성의 공포를 이해하는 장면이 딱 한 번 나온다. 낯선 남자를 본 섬의 여자들이 웃음을 멈추고 불신의 표정으로 '머리끝에서 발치까지 돌연 방어 자세'를 취하고 자신의 블라우스 단추를 움켜쥐는 대목에서다. '나'는 이 모습에서 "수 세기 동안 사라센인들로 이루어진 코르세르 해적은 이슬람 국가 정부의 승인 아래 이 아프리카에 면한 크레타 해안을 기습하여 기독교인들의 양과 여자와 아이 들을 납치하지 않았던가"(50)라고 묻는다. 하지만 딱 거기까지다. 그는 금세 그녀들의 공포를 '옛날엔 어쩔 수 없었지만 불필요해진 지금도 반사적으로 튀어나오는 일종의 본능적인 방어 행위'로 단정 짓는다. 그에게 여자들의 행동은 과잉 반응일 뿐이다. 현실에서 벌어지는 여성을 향한 수많은 폭력과 혐오를 부정하고 그것은 과거의 일일 뿐이라고, 현재의 남성을 잠재적 성폭력범으로 간주하지 말라고 성을 내는 오늘날의 남자들과 겹치는 지점이다.

오늘날에도 여전히 '나'와 조르바 같은 남성은 존재한다. 우리는 성기를 꺼내놓고 흔들어대며 자신이 예술가라고 주장하는 현대의 조르바를 보았으며, 그를 보고 '천재'라고 감탄하며 '자연'과 '원시'의 힘을 체화한 정열적인 존재로 추켜세우거나 침묵한 수많은 '나'도 보았다. 초등학생부터 일반 직장인, 교장 선생님, 교수와 의사, 국회의원 할 것 없이 엄마와 여동생, 누나와 제자, 초면인 여성들의 동영상을 찍어 올리고, 대학생 단톡방에서 동료 여학생의 외모를 품평하며 '따먹기' 위해 작당하고, 헤어진 연인을 폭행하거나 죽이고, N번방에 가입해서 '노예'들을 착취하고, 자식의 선생을 윤간하는 일들이 벌어지지만, 그들은 요즘 세상이 안전하며 여성혐오는 없다고 외친다. 어쩌면 조르바를 만들어낸 것은 수많은 '나'가 아니었을까?

'나'는 페니스가 '천국으로 들어가는 열쇠'라고 생각하는 조르바와 함께 '신도 없고 악마도 없고 오직 자유로운 인간만 있는 수도원'을 꿈꾸었다. 종교의 경계를 헐어 신과 악마가 양면적인 하나의 존재라는 점을 볼 줄 알았으며 이성의 한계를 꿰뚫어 보았고 조국이라는 허상도 깰 수 있었지만, 젠더 위계와 불평등은 끝까지 알아챌 수조차 없었던 그들의 상상 속 수도원은 얼마나 행복한 곳일까?

식민지 남성성와 미소지니[*]

이상, 〈날개〉[**]

정희진

여성학 연구자, 서평가, 문학박사.
《페미니즘의 도전》,《정희진처럼 읽기》,
《아주 친밀한 폭력》,《정희진의 글쓰기》
(전 5권) 등 열 권의 단독 저서와 칠십
여 권의 편저와 공저가 있다. 20년 동안
500권이 넘는 책의 서평과 해제를 썼다.
서강대학교 학사(종교학/사회학), 이화
여자대학교 석·박사(여성학). 탈식민주
의 관점에서 젠더와 한국 현대사에 관심
을 갖고 공부하고 있다. 월간 오디오 매
거진 〈정희진의 공부〉를 진행한다.

*　이 글에서는 일반적으로 '여성혐오'로 번역되는 미소지니misogyny를 번역하지 않고 그대로 사용한다. 지금 한국 사회에 '혐오'라는 단어가 지나치게 남발되고 있는 데다, 여성혐오가 '남성혐오'라는 대칭어를 불어오기 때문이다. 당연히 남성혐오와 여성혐오는 대칭적이지 않다. 미소지니라고 그대로 표기하는 이유다. 일본어에서는 대개 젠더 관련 용어를 영어 표기 그대로 사용하는데, 미소지니 역시 번역하지 않고 'ミソジニー'라고 표기한다.

　　**　이상,《이상 소설 전집》, 권영민 책임 편집, 민음사, 2012. 〈날개〉외 다른 작품에 대한 언급이나 인용도 이 책을 따랐다.

파란 녹이 낀 구리 거울 속에

내 얼굴이 남아 있는 것은

어느 왕조王朝의 유물遺物이기에

이다지도 욕될까

나는 나의 참회懺悔의 글을 한 줄에 줄이자

― 만 이십사 년 일 개월滿二十四年一個月을

무슨 기쁨을 바라 살아왔던가

히라누마 도쥬*(윤동주), 〈참회록〉 중에서

＊ 윤동주의 일본 이름이다. 이를 병기한 것은 '제국 대학 유학생'이라
는 식민지 지식인 윤동주의 상황이 그의 작품을 관통하는 주제임을, 〈날개〉의
배경이 일제시대임을 상기시키기 위해서다. 윤동주와 이상은 문화적으로 '순
혈의 조선인'이 아니었다. 나는 이 글에서 한국 사회에서 일제시대 지식인들

나를 설명하기 위한 타자, 아내

이상李箱, 본명 김해경(金海卿)의 〈날개〉는 노동하지 않는 남성이 초월적 남성을 욕망하고 마침내 비상하고자 하는 이야기다. 그의 욕망이 비상을 성취한 상태로 향하지 않고, 비상'하고자' 하는 자기 다짐으로 귀결될 뿐이라는 점이 중요하다(물론 그는 비상할 수도 없다). 작품의 내용은 네 가지 측면에서 진부하다. 첫째, 인간의 조건인 '일상의 노동'과 '초월성'을 대립시킨다. 초월성은 노동을 부정하는 부정의이자 젠더화된 언설의 대표적 관념이다. 둘째, 초월적 인간이 되려는 강력한 동기가 경제력을 가진 여성에 대한 분노와 '일하는 여성=구차한 현실'이라는 성차별에서 나온다. 셋째, 여성의 도구화로 이를 재현한다. 마지막은 일제시대라는 배경을 강조하며 〈날개〉를 '지식인의 고뇌'로 읽는 천편일률적 독해다. 읽기의 진부함이다. 식민지 시대에는 지식인 남성만 고통스러운가? 게다가 〈날개〉의 남성 주인공이 살아가는 방식과 목소리는 어느 시공간에나 존재한다.

윤동주는 〈참회록〉에서 자신을 직면하고 자신에 대해 쓴다. 이상의 〈날개〉는 아내를 경유해(타자로 만들어) 자신을 설명한

의 작품이 (무조건) '저항성' 위주로 독해되는 상황을 환기하고, 이에 문제를 제기하고 싶다.

다. 자기 합리화, 자기도취의 천재화를 넘어 피해자화다. 세상의 모든 글 쓰는 이들이 직면한 문제, 즉 '자신이 어떤 사람인가'는 중요하지 않다. 문제는 자신을 드러내는 방법이다. 이것이 이 글의 요점이다. 가부장제 사회에서 자기 재현의 가장 큰 정치적, 윤리적 문제는 자신을 설명하기 위해 외부를 동원할 때 여성이나 젠더 메타포를 필수 요소로 한다는 점이다. 이것이 미소지니다. 미소지니적 재현에서 여성은 언제나 대상화되고 부차화된다. 그러나 이상의 〈날개〉처럼 여성이 성 산업에 종사하면 이러한 분석이 방해받는다. 가부장제 사회에서 성 산업에 종사하는 여성은 그 자체로 '본디' 혐오의 대상이기 때문이다. 여성의 섹슈얼리티와 관련한 비하인지, 대상화된 존재로서 물화된 것인지 혼동하기 쉽다.

한국 근대문학에서 이상은 신비화된 작가다. 지나친 신비화는 과대평가로 이어지거나 작품에 온전히 접근하는 비평 작업을 방해한다. 이상의 대표작 〈날개〉와 〈오감도〉*를 기존의 평가나 통념을 걷어내고 '글자 그대로' 읽어보면, 그리 난해한 작품이 아니다. 〈지주회시〉, 〈동해〉, 〈봉별기〉, 〈종생기〉 등도 '쉽다'.

이상의 〈날개〉를 다른 방식으로 읽으면 담백, 단순plain, 심지

* 〈오감도〉에 대해서는 정희진, 《정희진처럼 읽기》, 교양인, 2014, 171쪽 참조.

어 진부하나. 나는 이상 작품을 읽는 방식의 변화가 곧 한국 사회의 변화라고 생각한다. 독서는 독자의 의식 변화를 가져오기 때문이다. 이상의 작품을 다룬 2차 문헌들을 보면 '난해', '상징적', '분열적', '요절한 천재', '자발적 자폐', '식민지적 근대' 등의 해석이 주를 이룬다. 나는 이러한 고정관념에 기반한 편향된 연구가 이상 연구의 다양성에 도움이 되지 않을 뿐만 아니라 객관적으로도 사실이 아니라고 생각한다. 〈날개〉를 읽기 위한 하나의 방법으로 질적質的, qualitative 방법론을 제안한다. 질적 방법론은 참여 관찰·면접과 같은 방식으로서, 기존 담론으로는 설명할 수 없는 현실을 드러내는 '현지 조사 field work' 방법인데, 문헌을 이용한 질적 방법도 가능하다.

소설이든 논문이든 신문 기사든 모든 글은 현실present의 재현re-present이다. 재현의 일방성과 일반성에 대한 비판, 즉 서구 근대 비판은 장 프랑수아 리오타르의《포스트모던의 조건》, 토머스 쿤의《과학혁명의 구조》등 그들 내부에서 시작되었다. 이들은 백인 남성 중심의 객관성, 진리 등의 개념에 스스로 의문을 제시한 자기 비판자들이다. 그런데 자신을 서구에 동일시하는 한국의 지식 사회는 스스로를 모던의 주체로 상정, '포스트모던은 아직 이르다'는 식으로 생각한다. 앎의 역사성, 위치성에 대한 사유가 없으니 지식, 생각하는 인간이 생산되지 않는다. 그래서 로컬이라는 또 다른 모던인 식민지 조선의 작품 〈날개〉를 "포스트모던"으로 읽는다. 오독과 오식誤識을 피할 수 없다.*

〈날개〉를 판단 중지 상태에서, 그대로 읽기를 권한다. '글자 그대로'라는 말은 가능하지 않지만, 최대한 머리를 비우고 우리가 몰랐던 작품이라 여기고 낯설게 읽는 것이다. 그렇게 본다면 이 작품은 식민지 시대 실업자의 골치 아프고 유치한 자의식 이야기일 뿐이다. 성 산업에 종사하는 여성이 경제력 있는 여성이라는 사고는 당시나 당대나 변함이 없다. 이 일은 위험한 직종이다. 그래서 상품(여성)을 보호, 관리하는 포주나 '기둥서방'이 가족의 일원이기도 하고 보디가드 역할을 하기도 한다. 그런데 〈날개〉의 주인공은 아내를 '손님'에게서 보호하거나 가사노동을 하기는커녕, '분명히 아내가 손수 지은 밥'을 받아먹고 용돈을 타 쓰면서도, 자신에게는 필요 없는 돈이 든 벙어리를 '변소에 갖다 버리고' '꾸지람을 기다리면서' 피해자를 자처한다. 〈날개〉의 화자가 질병으로서 우울증을 앓고 있는 실제 환자가 아니라면, "나

* 윤동주, 이육사, 이상이 해방 후까지 살았다면 어땠을까를 질문하는 경우가 있다. 어쩌면 그들은 문학 외에 다른 일을 했을지도 모른다. 윤동주는 학자, 이육사는 강직한 군인, 이상은 건축가……. 그러나 이런 질문은 결국 무의미한 아픔만 낳는다. 이들의 텍스트가 일제시대를 배경으로 하고 있기에 식민지 상황을 경유하지 않고는 이해 불가능하기 때문이다.

는 가장 게으른 동물처럼 게으른 것이 좋았다. 될 수만 있으면 이 무의미한 인간의 탈을 벗어 버리고도 싶었다"(91)라는 진술은 비윤리적인 자기 연민, 합리화다.

문학은 언어의 사전이다. 많은 언어 중에서 문학에 '우월성'이 있다면, 상징과 비유의 역할 때문일 것이다. 상징과 비유는 다양한 해석을 낳고, 이 해석들은 언어knowledge를 생산하는 공장工匠이자 공장工場 역할을 한다. 그런 점에서 문학은 다른 장르에 비해 우월하다. 그러나 우리는 〈날개〉를 언어의 사전으로 만들지 못했다.

이 작품이 쓰인 1936년부터 현재인 2023년까지 87년의 세월이 지났다. 87년. 이 시간은 기계적으로 셈한 세월 그 이상이다. 한국은 몇 개월마다 '스마트한' 기기가 갱신되고 세계 열 번째로 인공위성을 자력 발사한 국가다. 그러나 언어 수준은 처참하다. '기울어진 운동장' 정도가 아니라 수직선의 맨 밑바닥이다. 지금, 이곳은 기후위기와 모든 분야에서의 극도의 양극화에도 불구하고 진보 세력과 여성주의자 모두 발전주의에 사로잡힌 사회다. 이런 상태에서 우리는 〈날개〉는 물론 당대 한국 사회, 한국 현대사를 다른 방식으로 읽을 수 없다. 우리 사회에는 언어가 없다. '지식 기반 사회'가 아니다.

경제 발전은 허버트 마셜 매클루언의 책《미디어의 이해》의 부제처럼, 몸의 확장the extensions of man, 즉 에고 인플레이션을 낳았다. 매체(도구)의 발전은 인간 신체의 기능을 몸 외부로 이전했고 인간은 자신이 발명한 매체를 자신과 동일시한다. 이것이 에고 인플레이션이다. 확장된 자의식은 타인과 자연에 대한 성찰을 어렵게 한다. 한계 없는 자본주의(매체의 발달)로 지구 생태계는 무너졌고, 전 인류의 일곱 명 중 한 명이 물·식량·잠자리가 없다. 마르크스주의 생태학자 사이토 고헤이에 의하면 1800년대 이후 사용한 화석 연료 중 절반은 1989년 냉전 체제 이후에 소모되었다.* 이 모든 게 겨우 30여 년 동안 벌어진 일이다. 최상위 부자 스물여섯 명의 재산이 전 세계 인구 절반의 재산과 같다. 코로나가 초래한 재난 편승형 자본주의로 2020년 봄 미국 초부유층의 자산은 687조 원 늘었다.

나는 동시대 글로벌 자본주의가 초래한 세 가지 문제인 기후 위기, 실업의 만성화, 플랫폼 자본주의로 인한 문해력 저하(에고 인플레이션) 현상이 한국 남성에게 초래한 영향이 87년 전 이상의 작품 〈날개〉 속 남자 주인공에게서도 비슷하게 나타난다고 생각한다. 노동하지 않고, 무능하며, 여성에게 경제적으로 의존하면서도 여성 부양자를 미워하거나 두려워하며 자신을 피해자라고 주장하는 '20대 남성 현상'의 기시감을 〈날개〉에서 본다.

* 사이토 고헤이, 《지속 불가능 자본주의》, 김영현 옮김, 다다서재, 2021.

사본주의 체세의 인간관에서 육체적으로 가장 생산력 있는 인간으로 간주된 성별과 연령대인 '20대 남성'은 왜 자신이 가장 힘이 없다고 생각하는가?* 분노 표출 방식을 제대로 가르치지 않는 한국 사회에서 이들의 좌절과 우울은 온라인을 비롯한 온갖 공론장을 붕괴시키고 있다. 한국 사회 구성원 중 댓글 테러와 같은 '표현의 자유'를 누가 가장 마음껏 누리는가. 중장년층은 상대적으로 댓글 문화에 익숙하지 않고, 여성은 혐오 표현을 할 능력이 없다. 여성이 선한 시민이어서가 아니다. 여성이 알고 있는 단어 수가 터무니없이 적어서다. 5,000년 남성 언어를 어떻게 따라잡겠는가.

다카하라 모토아키는 인터넷 사용 시간과 한중일의 민족주의를 비교한 연구에서 민족주의적 '감정'이 아니라 실업이라는 시간적 조건이 민족 간 갈등의 핵심이라고 주장한다.** 사회, 경제, 문화적으로 자원이 많은 남성 혹은 매우 바쁜 글로벌 시티즌 남성은 아무래도 컴퓨터 앞에 앉아 미소지니를 실천할 시간이 많지 않다. 실업으로 인한 남는 시간이 한중일 민족주의의 소모전을 낳았다.

계급이 낮고 자원이 없고 노동하지 않고 심리적으로 취약한 남성의 약자 혐오인 미소지니를 어떻게 해석해야 할까. 여성은

---

* 생애주기life cycle도 20대 남성을 중심으로 형성된 개념이다.

** 다카하라 모토아키, 《한중일 인터넷 세대가 서로 미워하는 진짜 이유》, 정호석 옮김, 삼인, 2007.

자신을 '먹여 살리는' 생계부양자 남성에게 육아·출산·가사노동 등을 제공하는 피부양자가 되어, 가정폭력의 피해자가 되어, '솥뚜껑 운전사'가 되어 시민권을 상실한다. 그 반대의 경우를 상상해보자. 남성이 노동하는 여성*, 경제력 있는 여성에게 '빌붙어' 살 때 그들은 가사노동을 하지 않는다. 오히려 분노(아내 폭력)와 무기력증(〈날개〉)을 표출하는 경우가 많다.

〈날개〉 주인공의 결론은 '노동을 하자', '노동하는 아내를 존중하자', '나 자신을 알자'가 아니다. 그는 "날개야 다시 돋아라. 날자. 날자. 날자. 한 번만 더 날자꾸나. 한 번만 더 날아 보자꾸나"(116)라고 다짐한다. 여기서 '다시', '한 번만 더' 등의 표현은 남자가 이미 날기 위한 시도를 여러 번 했다는 것을 의미한다. 이 구절에 대한 일반적인 해석은 '절망에서 희망으로'인데, 이는 오독의 절정이다. 〈날개〉는 노동하지 않음, 노동하기 싫음을 초월적 자아로 포장한다. 이는 인간이 마주할 수 있는 가장 비참한 상태다. '날자'는 날고 있는 상태의 실행이 아닌 다짐의 심리로, 수동적 공격성·방어기제다. 그런 점에서 나는 이 작품이 두렵다. 공사 영역 모두에 걸쳐 아내의 노동에 빚지고 있는 작중 화자는 스스로를 피해자라고 생각한다. 생존이 외부에서 이루어지기 때문이

* 〈날개〉는 유곽을 배경으로 하지만 일부 여성주의자들의 '성 노동 sex work' 논의는 이 작품과 무관하다.

나. 이것은 코스프레가 아니다. 타인의 노동을 착취하기 때문에 '정신분일자精神奔逸者'일 수밖에 없다. "아내는 한 달 동안 아달린(최면제)을 아스피린이라고 속이고 내게 먹였다. 그것은 아내 방에서 이 아달린 갑이 발견된 것으로 미루어 증거가 너무나 확실하다. 무슨 목적으로 아내는 나를 밤이나 낮이나 재웠어야 됐나? (…) 아내는 내가 자는 동안 무슨 짓을 했나? 나를 조곰씩 조곰씩 죽이려 든 것일까? 그러나 또 생각하여 보면, 내가 한 달을 두고 먹어 온 것은 아스피린이었을지도 모른다."(112)

남성, 유곽에 대해 말할 수 있는 권리

〈날개〉는 일인칭 소설로, 아내를 포함해 작중 화자 외 타인의 목소리가 전무하다. 작품에 대한 논의는 여기에서 시작되어야 한다. 이 작품의 서술자는 이상이다. 전지적 시점이 아니다. '일인칭 스피커'가 어찌나 큰지 독서에 방해가 될 정도다. 갇힌 공간에서 주인공의 목소리는 제대로 들리지 않는다. 목소리가 큰 만큼 반향도 요란해서다. '성 판매 여성'인 아내는 이상에 의해 일방적으로 묘사되지만 작가의 포지션은 전혀 드러나지 않는다. 모든 글에는 그 글이 쓰인 시공간적 맥락, 즉 주소address가 필수적이다.

이를 밝히지 않는 몰역사적 인식은 자기 목소리가 보편이라는 착각에서 나온다.

이 소설에 대한 첫 번째 의문은 작품 화자(작가)의 자격이다. 선행 연구에서 한 번도 질문되지 않은 이슈다. 왜 이 문제가 쟁점이 되어야 할까? 말할 것도 없이, 소설이 허구라는 말은 소설이 '없는 현실'이라는 의미가 아니다. 현실은 재현을 통해서만 현실이 된다. 그리고 그 재현 방식에 따라 '창작과 비평', '소설과 비소설' 같은 비본질적인 구분이 만들어진다. 재현은 글쓴이의 시각, 정치학, 관점, 경험의 해석이 드러나는 과정이다.

〈날개〉의 배경은 일제시대의 유곽이다. 하지만 시대를 막론하고 가부장제 사회에서 성 산업 재현은 전적으로 이성애자 남성에게만 부여되는 특권이었다. '창녀와 어머니'의 대비와 유사성*, '창녀를 구원하는 남성', '창녀에 의해 구원되는 남성' 서사는 동서양을 막론하고 문학의 전범 중 하나다. 민중의 상징인 창녀를 구원하겠다는 남성, 가장 밑바닥 인생인 창녀에게서 구원받았다는 남성들의 자기 연민, 자기도취 서사는 끝이 없다.** 미군정을

---

* 성녀聖女 마리아와 성녀性女 마리아. 마돈나의 이중적 의미는 가부장제의 토대다. 프리가 하우그, 《마돈나의 이중적 의미》, 박영옥 옮김, 인간사랑, 1997 참조.

** 필자와 안면이 전혀 없는 어느 '유명 진보 남성'은 자신의 군대 생

서쳐 주한미군이 70년 이상 주둔하면서, 남한에서는 소위 '기지촌 문학'*이라는 장르가 자리 잡을 정도였다. 그리고 이는 민족 문학, 민중 문학, 반미 문학과 결합하였다.

유곽, 홍등가, 사창가, 집창촌 등을 거쳐 1990년대부터 한국의 여성운동은 성매매 공간을 집결지로 재개념화하였다. 집결지는 앞의 어휘와 달리 여성의 성에 대한 낙인이 덜한 젠더 중립적인 언어다. 유곽은 1585년에 일본이 제도적으로 운영해왔던 공창公娼을 일정 구역 내에 집단 거주시킨 장소를 가리키는 말이었다. 16세기 일본의 유곽은 지금 우리가 생각하는 유곽과는 상당한 차이가 있다. '성매매'라는 직접적인(?) 단어보다는 '기예'가 가미된 일본의 전통적이고 성별화된 문화 공간이라고 할 수 있

활 중 부대 주변에 있는 업소를 수시로 출입하며 '그녀들을 사랑한 이야기'를 들려주면서 자신을 '예수'로 표현한 긴 글을 메일로 보내온 적이 있다.

＊ 기지촌 문학은 전 세계에서 한국과 오키나와에 '만' 존재한다. 일본에서는 주일미군의 76퍼센트가 오키나와 집중되어 있기 때문에 기지촌 문학을 '오키나와 문학'이라고도 부른다. 미군이 주둔하고 있는 나라는 140여 개국 이상이지만 주요 기지는 NATO, 남한, 일본 세 군데다. 면적당으로 보면 남한이 압도적이다. 다른 나라는 일시적 주둔(동맹 개념 자체가 일시적이고 전략적인 제휴를 의미)이고, 일본과 남한의 미군 기지 역사는 2차 세계대전 이후부터 계속된 미국의 군사적 관할 지배의 연장에 있다. 다카하시 토시오,《아무도 들려주지 않았던 일본현대문학》, 곽형덕 옮김, 글누림, 2014와 김재용,《현대 오키나와 문학의 이해》, 역락, 2018 참조.

다. 한국의 유곽은 일본의 한반도 침략과 함께 1902년 부산의 일본인 거류 지역에 처음 생겼고 이후 남해안, 인천, 원산, 서울 등으로 퍼졌다. 일제강점기에는 전국의 도시에 유곽이 성행했는데, 이곳에서 일한 여성들은 군 위안부 첫 번째 동원 대상이 되었다 (한국의 유곽은 1947년 10월 미군정청이 공포한 공창 폐지령에 따라서 '공식적'으로 금지되었다).

달을 구경하며 즐긴다는 뜻을 가진 부산의 완월동玩月洞처럼 공식적인 행정지명에서부터 이미 성매매를 위한 공간임을 명백히 한 지역도 많다. 한 번 들어가면 빠져나오기 어렵다는 의미로 기지촌을 부르는 '뻣벌'*, 송탄의 별칭인 '씹고개'** 등은 기지촌이 젠더와 군사주의의 결합임을 정확히 보여준다. 기지촌은 그 자체로 성애화된 공간이었다.

여성 노동의 성애화, 성애(섹슈얼리티)의 매춘화는 시대를 초월한 남성 사회의 매트릭스다. 〈날개〉를 비롯해 성 산업을 다

* 안일순, 《뻣벌》, 공간미디어, 1995 상하권 참조.

** 숲이 울창한 참숯 생산지였던 송탄의 원래 지명은 '숯고개'였다. 그러나 주한미군의 폭격 연습으로 '쑥대밭'이 되어 '쑥고개'가 되었다. 마을이 불타고 파괴되자 성매매 지역으로 변모해 '씹고개'로 불리다가 한국청년회의소를 비롯한 시민들의 노력으로 숯고개의 한자명인 '송탄松炭'으로 지명이 공식 변경되었다. 박석수, 《쑥고개》, 이가책, 1993 참조.

루는 작품은 남성들이 '표현의 자유'와 재현 권력을 가상 마음껏 행사하는 영역이다. 왜곡과 투사를 더한 그들만의 판타지가 난무하는 영역이다. 성매매에 관한 여성의 발화는 성 판매자의 '극복기'조차 드물다.* '가정에 있는 여성'은 성 산업을 완전히 몰라야만 가부장제 사회에서 생존할 수 있다. 이들은 자기 남편이 룸살롱에서 성 구매 시 다른 여성을 대하는 태도를 상상하기 힘들어하며, '사랑이 있다고 간주되는 혼외 관계'보다 '사랑이 없는 업소 출입'이 낫다고 생각한다.

한국 사회에서 여성의 섹슈얼리티와 젠더 폭력gender based violence에 관한 연구가 진행된 것은 30여 년 정도다. 성매매를 비롯한 젠더 폭력의 연구 과정은 지난하다. 소재(현실) 때문에 방법과 사실성을 의심받는다. 나는 1990년대 말 기지촌 여성운동사와 아내 폭력에 관한 논문을 썼는데, 여성주의 커뮤니티에서조차 "과장이 아니냐", "이런 일이 진짜 있느냐", "너는 학자가 아니다" 등의 남성 문화의 시선과 싸워야 했다.

---

* 성 산업에 종사했던 여성이 쓴 최근의 책으로는《길 하나 건너면 벼랑 끝》(봄날, 2019)과《페이드 포》(레이첼 모랜, 2019) 등 두 권이 있다. 첫 번째 도서의 한국 저자는 익명이다. 성 산업에 종사한 여성은 성 산업 현장을 가장 잘 아는 당사자다. 이는 낙인이 깃든 지배 언어를 극복할 수 있는가, 즉 '서발턴은 말할 수 있는가'의 이슈로 이어진다. 성매매는 권력과 지식, 자본을 둘러싼 경합이 가장 치열하게 발생하는 정치적 장이다.

섹슈얼리티에 대해 말하는 행위는 중산층 여성이 갖추어야 하는 교양, 즉 세상에 대한 적당한 무지와 순수innocent해야 한다는 규범과 어긋난다. 중산층 여성이 이런 현장을 연구하면 '학자'가 아니라 르포 작가로 여겨진다. 물론 두 장르 사이에 위계가 있는 것은 아니다. 다만 논문에는 논문의 형식이 있다. 그 형식에 충실한 데도, 소재 때문에 연구가 아닌 '잡글'이라고 생각하는 이가 많다는 얘기다.

남성의 성매매 재현은 현실성과 과학적 방법론(객관성)을 완전히 결여한 날조, 망상에 가깝지만 의심받지 않는다. 남성 성구매의 의미와 여성 성 판매의 의미가 다르기 때문에, 가부장제 사회에서 남성의 몸과 여성의 몸에 대한 해석이 다르기 때문에 남성은 성매매를 알 수 없다. 이는 물속에서 숨 쉴 수 없는 인간이 심해에 사는 상황과 비슷하다. 앎의 조건이 전무하다는 의미다. 오늘날 플랫폼 자본주의의 신자유주의 체제에서 성 산업 형태와 그 종사자들의 구성은 파악 불가능할 정도로 다양해졌지만, 몇몇 여성주의 연구* 외에 현실을 분석·파악할 수 있는 언어는 드물다.

아래는 배수빈 배우가 2010년 이상의 생애를 토대로 창작극

* 《레이디 크레딧》(김주희, 2020)과 《남자들의 방》(황유나, 2022) 등 참조.

〈이상 12月12日〉*을 공연한 후 〈쿠키뉴스〉와 인터뷰한 내용 중 일부인데, 일반의 인식을 대변하고 있다.

　　기자　　이상에게 여성은 어떤 존재였나요?

　　배수빈　　워낙에 이상은 여자들을 보는 생각 자체가 여급이라고 생각을 했어요. 소설이나 그런 것들을 보면 여자분들이 불쾌할 수도 있는데, 그러면서도 사랑했죠. 성녀와 창녀와 그런 것들을 순수하게 있는 그대로 바라보았던 그런 사람이 아니었나 싶어요.

　　기자　　배수빈 씨의 여성에 대한 생각도 궁금한데요?

　　배수빈　　보호해야 하는 사람이죠. 사랑받아야 되는 사람? 그렇게 생각해요. 신성한 존재. 스스로가 소중히 여기고 아낀다면 사람들도 아껴줄 것 같아요. (여성들은) 되게 예쁘죠. 진짜 예술의 모티브는 여자에서 오는 경우가 너무 많아요. 클림트라던지 제가 어제 잠깐 쉴 때 〈클라라〉라는 영화를 봤는데 거기 슈만과 브람스도 그랬고. 여인을 보고 예술적 감성을 깨우치는 예술가가 너무도 많아요. 그래서 저는 여성분들이 너무 멋있는 것 같아요. 영감을 주는 존재들인 것 같고. 뭐 그래요.**

　　＊　〈십이월 십이일〉은 이상이 쓴 유일한 중편 소설의 제목이다.

　　＊＊　이경선, "천재시인 이상 연기한 배수빈 "그에게 여자는 여급, 나에게 여자란…"", 〈쿠키뉴스〉, 2010.12.31.

〈날개〉 읽기에는 '누가 성매매를 말하고 있는가 혹은 말할 수 있는가'에 대한 논의가 동반되어야 한다. 다른 사회적 문제도 그렇지만, 성매매는 유독 남성이 담론을 독점하고 있다. 성 구매 경험이 있는 남성은 실제 '해봤으므로' 현실을 가장 잘 안다고 간주되고 또한 주장한다. 중산층 여성(주의자)의 말은 '경험 부재'로 인해 무시된다.

이에 관한 가장 극적인 사건은 2004년 9월 성매매방지법이 시행되기에 앞서 열린 이 법에 반발하는 '마르크스주의자' 남성, 성 산업에 종사하는 여성, 성 노동을 주장하는 페미니스트의 연대 집회다. 이 집회는 당해 6월 29일에 열렸는데, 당사자 여성은 마스크와 모자로 얼굴을 드러내지 않았다. 포주 남성은 이들이 세상에서 가장 아름다운 페미니스트라고 말했고, 진보 남성들은 성 산업에 종사하는 여성들의 '노동'을 치하하며, 성을 구매할 권리에서 남성 계급 간의 차이가 철폐되어야 한다고 주장했다. 이 집회 이후 가난한 남성, 장애 남성, 이주 남성도 성을 살 권리가 있다는 영화와 주장이 쏟아졌고, 이들을 손님으로 받지 않겠다는 성 산업에 종사하는 여성들의 반발과 이로 인한 충돌이 빈번히 이어졌다.

성 산업은 사회 문제로 공동체 전체의 문제다. 성을 구매하는 남성, 에이전시('포주'), 성 판매 여성을 '보호하는' 조직 폭력배, 성을 파는(팔리는) 여성, 직접적으로 성을 팔지 않(아도 뇌)는 '일반 여성' 혹은 여성성을 자원화하여 간접적인 방식으로 파는 여성, 사법 체제, 지자체, 페미니스트……. 사회 구성원 모두가 각자 자신의 입장에서 성 산업을 말할 수 있어야 한다. 그리고 경험과 이해, 권력관계의 경합이 논의되어야 한다.

성매매와 섹슈얼리티는 한국 사회 그 자체고, 여성의 삶·젠더 문제의 핵심 이슈인데 성매매 언설은 남성이 독점하고 있다. 한국 사회는 성 산업에 종사하는 여성들이 '스톡홀름 증후군'을 앓고 있다는, 그들의 행위성을 완전히 박탈하는 극단적이고 폭력적인 발언이 가능한 사회다. 여성들이 말할 수 있는 영역은 '성폭력으로서 성매매'와 이 구조 때문에 발생한 피해에 국한되어 있다. 그러나 여기에도 문제가 있다. 여성의 몸은 자의든 타의든 자원으로 기능한다. 일부 페미니스트는 자기 몸을 적극적으로 자원화하기도 한다. 그러면서 '나는 선택이지만, 그들은 억압당한다'고 주장한다. 또한 성 산업을 연구하는 여성주의자 중 일부는 다른 연구자에게 "여기는 내 영역이니 성매매 연구를 하지 말라"고 경고(협박)하면서, 자신이 경험한 현장만이 유일한 객관성이라고 주장한다. 성 산업에 종사하는 여성들의 목소리를 독점하려는 것이다. 이는 군 위안부 운동 담론과 유사하다. 두 사안에는 공통점이 있다. 군 위안부 운동에는 정부, 일본, 민간의 후원으로 돈이 몰렸다. 성매매방지법이 제정되면서는 초기와 달리 이 운동 역시 돈과 명예를 얻을 수 있는 영역이 되었다. 즉, 두 운동 모두 '블루오션'이 되었다. 더 많은 분석이 필요하지만, 이는 한국의 경제 성장과 더불어 민주화운동과 여성운동이 제도화된 결과라고 할 수 있다.

부부가 아닌 모자 관계의 의미

앞에서 살펴본 유곽의 맥락에 더해, 성 산업 집결지('집창촌')의 일반적 형태를 볼 때 〈날개〉가 전개되는 공간은 특이한 편에 속한다. 성매매는 기본적으로 여성들 간의 계급 차이, 빈곤 문제이기도 하다. 그들이 일하는 공간은 좁다. 여성들이 일하는 동안 아이들은 갈 곳이 없어 이불을 뒤집어쓰고 있거나 침대 밑에 숨어 있거나 방 밖에서 '엄마가 일하는 소리'를 들으며 비슷한 처지의 아이들과 성장한다.

〈날개〉에서 이상은 바로 그런 어린이다. 남성 지식인인 작가는 자신을 아이라고 생각한다. 그렇지 않다면, 즉 그가 성인 남성(남편)이라면 '아내의 노동'을 아무 생각 없이 매일 지켜보는 일이 마냥 자연스러울까. 다만 일반적인 가난한 여성의 성 판매 현장과 달리 〈날개〉에 등장하는 공간은 넓어 보인다. 이상이 아내를 엿보려면 장소가 충분히 넓고 편안해야 하기 때문이다.

지식인 남성이 아내에게 경제적, 심리적으로 의존하는 상태가 자신을 피해자라고 정의하는 근거가 된다. 나아가 그는 피억압자로서 탈출을 꿈꾼다. 착취자가 피해자고 그래서 해방을 꿈꾼다? 성별을 바꾸어 생각해보자. 남편이 여자 손님을 상대로 집에서 성을 파는 '호스트'고, 아내는 그런 남편에게 돈과 식사를 요구한다. 그런 남편에게 경제적으로 의존하는 아내가 남편에게 심리적 적개심을 가지고 자신이 피해자라 운운한다면, 스릴러가 될 것이다. 성매매처럼 성별화된 문명은 없다. 우리는 아무도 '인류 최고最古의 직업이 남창'이라고 말하지 않는다. 성별을 바꾼 〈날개〉의 서사는 상상할 수 없다.

많은 연구자가 지적한 대로, 〈날개〉의 핵심은 작중 '나'와 아내의 관계가 부부가 아니라 모자 관계라는 점이다. 〈날개〉에서 여성은 남편을 먹이고 입히고 재우고 훈육한다. 심지어 돈까지 준다. 그리고 남편(자녀)을 돌보기 위해 손님을 맞는데, 자녀가 있는 성 판매 여성들이 그렇듯 아이(남편)는 벽장에 숨거나 잠시 나가 있다. 이때 어린이에게 자기 삶의 전권을 가진 엄마는 두려운 존재일 수 있다. 〈날개〉는 아내를 엄마로 전치시키면서 여성을 가해자로, 남성을 피해자로 만든다.

'나(이상)'는 혼나는 아이다. 이러한 관계는 남성이 공사 영역에서 이중 노동을 하며 힘겹게 사는 아내에게 모든 것을 의존하고 살면서도, 자신이 아이처럼 취약한 존재라며 피해자 정체성을 주장할 수 있게끔 한다. 한국 사회에서는 이러한 전도顚倒, displacement와 부정의가 의심 없이 수용된다. 이것이 미소지니다. 〈날개〉에서는 여성의 직업이 성 판매일 때 자연스레 발생하는 미소지니에 지식인 남편을 혼내고 통제하는 강력한 여성에게 가해지는 미소지니가 더해진다.

나는 이를 식민지 남성성colonial masculinity이라고 정의한 바 있다.* 식민지 남성성은 식민 지배하에 사는 남성의 남성성을 의미하는 것이 아니다. 사회마다 젠더 규범이 다르고 남성들 간에는 계급 차이가 있기 때문에 모든 남성이 생계부양자 역할을 할 수는 없다. 주지하다시피 생계부양자 남성의 '독립성', 가사노동자 여성의 '의존성'은 서구 근대 백인 중산층 이성애 핵가족 이데올로기다. 이데올로기. 다시 말해, 이는 규범이지 실제reality가 아니다. 모든 남성이 여성과 사회의 기대에 부응하는 생계부양자가 되기는 불가능하다.

'생계부양자 남성' 개념은 계급이라는 중요한 사회적 모순을

* 정희진, 《반미문학을 통해 본 식민지 남성성의 형성》, 이화여자대학교 대학원 여성학과 박사학위 논문, 이화여자대학교, 2019.

배제한 무시다. 인종, 계급, 식민 지배, 장애 등으로 경제력이 없는 대다수 남성은 생계부양자가 될 수 없다. 많은 가난한 남성이 그들을 지배하는 남성(일제, 부자, 미국……)과 자신이 의존하고 있는 여성 모두에게 피해의식을 가지고 있다. 전자의 경우 계급 투쟁으로, 후자의 경우 사회적 약자인 여성과의 연대로 나아가야 하는데 그런 일은 발생하지 않는다. 식민지 남성성 때문이다.

종속적인 위치의 남성들은 약자와 연대하기보다 패권적 hegemonic 남성의 자리를 욕망하거나 그들에게 '자신의 여자'를 상납한다. 군 위안부 동원에 참여한 한국 남성, 기지촌 성 산업에 종사하는 여성을 '민간 외교관'이라고 치켜세운 박정희 정권, 1970~80년대 외화벌이의 일환으로 자행된 '기생 관광' 등이 그 생생한 역사다. 지금도 우리는 거의 매일 '성 상납'이라는 말을 접한다. 성 상납은 남성과 남성이 물자物資인 여성을 교환하는 그들만의 정치경제다. 여기서 여성은 양주나 과일, 한우 세트 같은 물건이다. 그들은 때때로 '선물'이 마음에 들지 않아("못생겼다") 싸운다.

지배계급 남성들이 피지배 남성들의 분노와 불만을 해소하고 이를 남성 연대로 봉합하는 방식에는 크게 두 가지가 있다. 하나는 여성을 공급하는 것이고(성 산업 활성화, '농촌 총각 결혼시키기' 등), 하나는 '공공의 적'인 '외세'와 같은 범주를 만드는 것

식민지 남성성과 미소지니

이다. 문제는 거래 대상인 물건(여성)이 행위성을 발휘하거나 지배계급 남성이 자신을 실제로 구원해주지 않을 때 발생하는 피지배계급 남성의 좌절감이다.

그런 피지배계급 남성의 목소리가 바로 〈날개〉다. 〈날개〉는 치욕의 한국 현대사를 '살아낸' 남성 심리의 원형이다. 자신이 존재가치가 없는 남성임을 깨달은 남성 지식인이 현실에 대처하는 방식은 자기 조작making이다. '가난한 천재'가 대표적이다. 남자아이의 성장을 설명하는 오이디푸스 콤플렉스는 한국 사회에 적용될 수 없다. 한국 사회에는 바람직한 혹은 정상적인 아버지가 부재했기 때문이다. 생사를 모르는 독립투사의 아내, 한국전쟁 미망인의 자녀들에게는 아버지가 없다.

《나목》,《엄마의 말뚝》,《그 산이 정말 거기 있었을까》등 박완서 소설에 잘 나타나 있듯이 한국 현대사는 아버지의 부재로 상징된다. 실제로도 경제적으로 가족을 부양하고 보호하는 성숙한 가부장은 별로 없었다. 아버지가 존재하지 않으므로 살부殺父 모티프도 없다. 가정 경제를 책임지는 어머니를 구타하는 아버지를 응징하는 정의로운 아들의 '실제 살부', 즉 가정폭력 사건이 간혹 있을 뿐이다.

〈날개〉는 모든 여성은 몸이 있기 때문에('몸을 팔 수 있기 때문에') 경제적 자립을 이룰 수 있다는 전제에서 출발한다. 팔 몸이 없는 남자는 억울하고 가난하고 역차별당하는 존재다. 일제 치하든 전쟁 상황이든 '평화로운 일상'이든 마찬가지다. 심지어 한국이 경제 부국이 된 이후의 젊은 남성들도 "여자는 몸이라도 팔 수 있지, 우리는 아무것도 팔 수 없다"고 주장한다. 남성의 섹 슈얼리티는 자원이 되지 않는다는, 자부심과 피해의식이 혼재된 정신 분열 상태다.

식민지 남성은 남성성의 규범적 자원인 권력, 지식, 돈이 없 기 때문에 여성을 매개로 이를 확보하고자 한다. 〈날개〉는 그 과 정에 참여하지 못한 남성의 이야기다. 그래서 〈날개〉의 미소지니 는 복잡하다. 〈날개〉의 미소지니가 강자의 언어가 아니기 때문이 다. 하지만 아내의 매춘으로 생계를 해결하는 주인공은 그 와중 에도 초월적 남성성을 버리지 못한다. 아내가 성 판매라는 '밑바 닥 일상'을 사는 동안, 작가는 "축축한 이불 속에서 참 여러 가지 발명도 하였고 논문도 많이 썼다. 시도 많이 지었다". 그러나 동 시에 "그런 이불 속의 사색 생활에서도 적극적인 것을 궁리하는 법이 없다".(90~91) 아내의 경제적 도움으로 무언가 창조적이고 지적인 작업을 하는 것도 아니지만, 자신이 '지식인'이라는 정체 성을 버리지 않는다.

이상 자신이 〈날개〉의 주제를 무엇으로 생각했는지 알 수 없고 〈날개〉 연구자들도 거의 주목하지 않은 내용이지만, 이 작품은 정확히 여성 노동 착취에 관한 이야기다. 작중 아내는 나라도 가족도 사회도 없는 상황에서 누구의 보호도 없이 위험한 일을 하고 있다. 그러나 돈을 버는 기득권자, 힘없는 남편의 억압자로 등장한다.

이 소설에서 주인공의 외출은 일자리를 모색하기 위한 것이 아니다. 그는 어떠한 노동도 하지 않는다. 밥을 짓거나 청소하는 장면도 없다. '계집질'을 안 한 것만으로도 자랑스럽다. 여성의 노동을 착취하면서도(가해자) '혼나고 있다'고 생각하는 남성(피해자)은 여전히 한국 문화 전반에 만연하다. 부부는 '대칭적'이나 모자는 그렇지 않다. 장성하기 전까지는 아들이 열세다. 작중 화자가 자신이 피해자임을 증명하기 위한 설정이다. 나는 이것이 이상의 실제 생각인지, 무의식인지 궁금하다.

널리 알려진 이 작품의 첫 구절은 독자의 정확한 독해를 방해하는 동시에 가부장제의 운영 원리를 명료히 요약하고 있다. "'박제가 되어 버린 천재'를 아시오? 나는 유쾌하오. 이런 때 연애까지가 유쾌하오."(83) 이 문장 이후 한 줄 띄우고 소설이 시작된다. 여기서 박제剝製는 화자가 천재가 되고 싶어 박제된 삶(굶어 죽는 삶)을 선택했다는 것을 암시한다. 그다음 페이지는 이렇게 이어진다. "나는 내 '비범한 발육'(작은따옴표는 필자)을 회고하여 세상을 보는 안목을 규정規定하였소. 여왕봉女王蜂과 미망인 — 세상의 하고 많은 여인이 본질적으로 이미 미망인 아닌 이가 있으리까? 아니! 여인이 전부가 그 일상에 있어서 개개 '미망인'이라는 내 논리가 뜻밖에도 여성에 대한 모독이 되오? 굿바이."(84) 식민지 가부장제 사회에서 여성은 모두 미망인이라는 이상의 통찰은 놀라운 면이 있다. 가정과 사회를 먹여 살리며 골치와 가슴이 아픈 고통의 세계를 살아가는 여성은 '미망인'과 다를 게 없다.

미망인未亡人은 '남편이 죽었으므로 죽어야 하는데 아직 안 죽은 사람'이라는 뜻으로 말 자체가 미소지니다. 하지만 이상은 이를 '경제력이 필수인 여성', 즉 생계부양자 남성이나 아버지가 없는 여성의 의미로 썼다. 일제의 약탈로 경제가 특히나 어려운 시기였던 1930년대에 여성이 종사할 수 있는 직업은 많지 않았으므로 이상에게 여성은 모두 여급女給을 의미한다. 이 자체가 미소지니는 아니다. 다만 여성이 일하는 동안 남성은 '그냥 그날을 까닭없이 펀둥펀둥 게으르고만 있으면 만사는 그만'이고, '세속적인 계산을 떠나 가장 편리하고 안일한' 삶을 사는 것에 대한 합리화가 미소지니 없이는 불가능하다는 의미다.

미소지니의 본질은 혐오가 아닌 타자화

남성 문화는 남성이 미소지니 행위자라는 점을 인정하지 않는다. 그들은 무지해서 "나는 아니다, 억울하다"라고 말하는 사람조차 드물다. 이상 역시 마찬가지였(을 것이)다. 〈날개〉의 미소지니는 여성을 향한다기보다는 작자 자신을 설명하기 위한 장치다. 이 작품은 이상의 자의식, 의지, 자기 연민, 자부심, (자신이 천재라는) 자랑에 대한 이야기다.

미소지니는 남성에게 낯선 인식이다. 남성에게는 젠더나 타자화 등의 언어가 없기 때문이다. 오히려 여성들이 자기 내부의 미소지니 때문에 괴로워한다. 남성 문화는 미소지니에 놀라거나 그런 용어를 사용하는 상대방이 이상하다고 생각한다. 미소지니라는 언설 자체가 억울하다. 가부장제 사회에서 여성은 동료나 인간이 아니라 남성을 중심으로 한 성 역할 담당자인 어머니, 누이, 연인, 딸, '창녀'를 뜻하기 때문에 남성들은 여성 인간과 젠더화된 사회에서의 성 역할을 구분하지 못한다. 대개는 자신이 어머니를 비롯한 여성들을 사랑하며 존중한다고 말한다.

2010년대 중반부터 일베를 시작으로 온라인에서 여성, 성소수자, 장애인, 특정 지역민, 이주 노동자에 대한 혐오 문화가 일상화되자 이를 우려·비판하는 논리도 많아졌다. 그러나 여기에서 혐오는 협의의 혐오 혹은 혐오와 무관한 의미로 사용된다. 혐오는 증오, 따돌림, 비호감, 막말, 역겨움, 비하 등 부정적인 의미에 국한되지 않는다. 막말이나 '말이 칼이 될 때'를 의미하는 것이 아니다. 이는 주체와 관련된 이슈다. 발화자 혹은 주체主體, the one가 특정 집단을 임의로 규정하는 행위, 즉 타자他者, the others로 만드는 행위다. '나는 (내가 누구인지 모르겠지만) 너를 마음대로 규정할 수 있는 권력을 가졌다.' 이것이 주체의 심리다. 주체는 자기 편의대로, 맥락 없이, 즉 자기 위치성을 인식하거나 밝힐 필요 없이 타인을 숭배하거나 평가하거나 배제할 수 있다. 미소지니는 타자화다. 타자 중에서 가장 광범위한 대상인 여성을 대하는 남성 문화의 원리다.

미소지니와 젠더 메타포는 언어의 기본 구성 원리다. 미소지니가 젠더 메타포('여자만도 못한', 'fucking', '니미' 등)와 함께 사용되는 이유는 인류 문명사에서 남성이 스스로를 인간의 기준으로 만들기 위해 남성 외의 집단(노예, 여성)을 '비非남성'으로 범주화할 필요가 있었기 때문이다.* 자신과 다른 존재인 타인이 필요했던 남성에게 여성은 '바로 옆에 있는' 쉬운 대상이었다. 한자의 '혐嫌' 자체가 '계집 녀女'를 포함하고 있다. 주지하다시피 한자를 비롯한 거의 모든 언어에서 부정적인 것은 여성과 연결된다.

여성에 대한 혐오를 남성에 대한 혐오로 대응하는 것(미러링

* 웬디 브라운,《남성됨과 정치》, 황미요조 옮김, 정희진 기획·해제, 나무연필, 2021.

이 대표적이다)은 일시적으로 성공할 수 있을지 모르지만 근본적으로는 실패할 수밖에 없는 전략이다. 앞서 말했듯이 미소지니에 대응할 수 있는, 남성을 혐오할 수 있는 언어의 질과 양이 절대적으로 적기 때문이다. '보편적' 인권 개념 혹은 100년도 안 된 여성주의 언어가 어떻게 5,000년 동안 축적된 언어에 대립counter할 수 있겠는가.

미소지니가 근본적인 폭력인 이유는 임의성 때문이다. 임의적 재현은 혐오든 숭배든 '나는 너희들을 안다'라는 인식에서 출발한다. 자신을 세상을 규정하는 위치에 두고 세계를 창조하는 것이다. 남성 문화가 여성을 '창녀'가 아닌 어머니로 숭배한다고 해서 여성을 존중하는 것이 아니다. 모든 여성은 어머니나 창녀로 환원되지 않는 개인이다. 어머니나 창녀는 사회가 부여한 성역할이지, 본질적으로 '그런 여성'은 없다.

주디스 버틀러는 혐오를 그의 책 제목대로 'excitable speech'*라고 정확하게 설명했다. 젠더는 기존의 규범적 언어를 인용citing하는 발화로 구성되는데 혐오는 지나친 인용, 인용을 초과ex-하는 발화다. 젠더 정체성이나 물적인 것을 담론의 효과라고 본다면 미소지니는 인용을 넘어선, 그리하여 '흥분된exciting' 언어다.

* 한국어 번역서의 제목은 《혐오 발언》이다.

미소지니를 여성에 대한 일방적인 혐오로 한정한다면 남성 문화가 일부 여성이나 여성화된 자연에 보내는 찬양을 설명할 수 없고, 그렇기에 남성 작가를 설명하지 못한다. 그들은 모두 자신이 여성을 '사랑한다'고 말한다.

타자화는 발화자 자신에게는 질문을 던지지 않고, 자신을 설명하는 데 타인을 동원하는 폭력이다. 인간 범주를 독식한 제1의 인간인 성인 남성의 기준에서 여성은 가장 재현하기 쉬운 타자이고 기존의 문학은 이러한 관습을 반복, 변주해왔다. 이것은 호모 사피엔스의 행위 중 가장 비윤리적이다. 일제시대와 글로벌 자본주의 시대에 한국의 위상이 달라졌다지만 그 차이는 타자화 행위, 혐오 발화에 남성을 포함한 모든 이가 참여하고 있다는 암울한 사실에서 나온다. 온라인에서 익명으로, 아류 제국주의의 국민으로, 강자와 동일시하는 욕망의 주체로서 말이다.

나는 한국 문학사에서 이상이 이룬 문학적 성취에 동의한다. 내가 불편한 점은 콘텍스트context, 즉 그의 작품에 대한 변화 없는 해석이다. 그의 문학은 한국 사회에 갇혔다. 그런 의미에서 〈날개〉는 죄가 없다. 지금 우리 자신을 알기 위해 다시 읽기가 필요할 뿐이다.

고통을 대가로 자유를 선택한 해방의 여신

에우리피데스, 〈메데이아〉[*]

장은수

읽기 중독자. 민음사에서 오랫동안 책을 만들었고, 대표이사를 역임했다. 주로 읽기, 쓰기, 출판과 미디어 등을 주제로 글을 쓰고 생각을 나눈다. 몇 권의 단독 저서를 썼고, 《고릴라》, 《어머니의 감자 밭》, 《기억 전달자》 등을 우리말로 옮겼다. 《한국의 논점》 시리즈를 함께 쓰고 엮었다.

＊ 에우리피데스, 〈메데이아〉,《에우리피데스 비극 전집 1》, 천병희 옮김, 도서출판 숲, 2009. 본문의 인용은 이 판본을 따르되, 필요하면 강대진이 옮긴《메데이아》(민음사, 2022)를 참고하여 부분적으로 수정했다. 관례에 따라 인용할 때는 쪽수 대신 행수를 표시하되, 행갈이는 따로 표기하지 않았다.

1

    여성 영웅 메데이아의 신화는 아르고호를 타고 황금 양피를 가져온 이아손, 아티카반도를 통일해 아테네를 지역 강국으로 끌어올린 테세우스 등 고대 그리스를 대표하는 남성 영웅들의 파란만장한 모험 속에서 보석처럼 반짝이면서 찬란한 빛을 뿜는다. 메두사, 아탈란테, 아리아드네, 카산드라 등과 같이 흔히 조연에 머무르거나 피해자로 그려지는 다른 여성 영웅들과 달리, 동방에서 온 이방인 여성 메데이아는 도무지 굴복과 패배를 모른다.

    때로는 불같은 사랑에 빠지고, 때로는 쓰디쓴 좌절을 맛보지만, 그녀는 온 세상을 떠돌면서 끝없이 계략을 쓰고, 마법을 부리면서 도전하고 투쟁한다. 남성 지배 사회에 맞서 자기 능력을 증명하고 유리 천장을 깨려는 여성들은 누구나 자기 내면에서 메데이아를 발견할 것이고, 부당한 차별 탓에 '마녀'로 놀려 고통받은 적 있는 여성들 역시 머릿속에서 메데이아를 떠올릴 것이다.

2

메데이아의 어린 시절을 우리는 알지 못한다. 그녀의 삶을 이야기 바다의 표면으로 끌어올린 것은 첫 번째 남편 이아손의 모험이다. 그리스 항구 도시 이올코스의 왕자 이아손은 아르고호를 타고 '바다와 대지의 가장 먼 경계선'에 있는 동방의 왕국 콜키스*로 모험을 떠난다. 황금 양피를 얻어 돌아와 삼촌 펠리아스에게 빼앗긴 왕위를 되찾기 위해서다.

오랜 항해 끝에 콜키스에 도착한 이아손은 아이에테스 왕을 만나 황금 양피를 요청하나 사실상 거절당한다. 왕은 세 가지 조건을 제시한다. 불을 뿜는 황소 두 마리에 쟁기를 씌워 무신武神 아레스의 밭을 가는 일, 용의 이빨을 땅에 심어서 거기에서 나온 갑옷 입은 병사들을 무찌르는 일, 절대 잠들지 않는 용이 지키는 황금 양피를 알아서 가져가는 일. 이아손의 능력만으로는 도저히

---

* 3,300여 년 전 콜키스인들이 오늘날 조지아 서쪽 지방에 건국한 왕국.

고통을 대가로 자유를 선택한 해방의 여신

해결할 수 없는 과제였다.

그러나 이아손 곁에는 아이에테스의 딸이자 햇살의 신 헬리오스의 손녀인 메데이아가 있었다. 메데이아는 여신이자 사제이며 치료사다. 그녀는 중양中洋, 즉 아나톨리아고원과 메소포타미아 지역을 중심으로 인류 최초의 문명을 이룩한 오리엔트 사람들이 수천 년에 걸쳐서 축적한 지식과 기술을 한 몸에 구현한 여성이다. 메데이아Medeia는 본래 '좋은 충고를 아는 자'라는 뜻으로, 의술medicine이라는 말도 여기서 유래했다. 인도 유럽어 원형에서 'med-*'는 '생각하다'라는 뜻이므로, 그녀는 지혜의 상징이기도 하다.

아름다운 여성 메데이아는 헤라 여신의 계략에 따라 큐피드의 화살을 맞고 첫눈에 이아손에게 반한 다음, 자신의 능력을 빌려주어 이아손이 과제를 해결할 수 있게 돕는다. 불타는 쟁기는 화상 치료 연고로, 단단한 철갑을 두른 병사는 내분을 조장하는 계략으로, 용은 마법의 노래를 불러 잠재운다. 한마디로, 그녀는 의술에도, 지혜에도, 예술에도 능했다. 무엇보다 열정의 결과를 두려워하지 않는 대담한 용기가 있었다.

메데이아의 도움을 받아 황금 양피를 손에 넣은 이아손은 황급히 배를 타고 이올코스로 도망친다. 그 곁에는 아버지를 저버리고 조국을 배신한 메데이아가 있다. 도주 도중에 메데이아는 첫 번째 끔찍한 사건을 저지른다. 쫓아온 남동생을 꾀어 잔혹하게 죽인 후, 사지를 갈가리 찢어서 바다에 흩뿌린 것이다. 뒤따라오던 아이에테스 왕이 아들의 시체를 수습하는 동안, 이아손과 메데이아는 무사히 탈출해서 이올코스로 돌아온다. 이로써 메데이아는 사랑을 위해 인류를 저버린 잔혹한 살인자의 이미지를 얻는다.

아르고호의 모험은 서양 식민주의의 기원을 드러낸다. 이아손은 최초의 식민지 정복자고, 황금 양피는 이후 수천 년 동안 거듭 반복될 식민지 자원에 대한 가혹한 수탈의 역사를 상징적으로 선취한다. 동시에 콜키스 정복 과정에서 이아손이 데려온 이방인 여성 메데이아는, 사랑의 여부와 관련 없이, 식민지 여성에 대한 착취의 원점을 표시한다. 이아손은 그야말로 메데이아의 몸과 영혼 전체에 빨대를 꽂아서 그녀의 모든 것을 탐욕스럽게 빨아들인 후, 원정 중에 일어난 비인륜적인 짓들을 모조리 그녀 탓으로 떠넘긴다. 그녀의 놀랍고 뛰어난 능력은 인정과 존중의 대상이기보다 야만성과 마녀성의 유죄 증거가 되어버린다.

이아손을 따라 그리스로 건너온 메데이아는 낯선 땅에서 이방인 여성으로 살아간다. 두 사람은 펠리아스 왕에게 황금 양피를 바치고 왕위를 달라고 요구하나, 펠리아스는 차일피일 미루며 약속을 지키지 않는다. 이아손이 어찌할 줄 모르고 우물대는 사이에 메데이아는 훼손당한 명예를 되찾고자 과감한 복수 행동에 나선다. 펠리아스의 딸들을 유혹해 아버지를 살해하게 만든 것이다.

뛰어난 마법사이자 치료사인 메데이아는 펠리아스의 딸들을 불러서 놀라운 마법을 보여준다. 늙은 염소를 죽여 조각낸 다음 큰 솥에 넣고 끓이다, 자신이 만든 마법의 시약을 넣어서 어린 염소로 되돌린 것이다. 노쇠한 아버지를 걱정하던 펠리아스의 딸들은 메데이아의 약을 믿고, 아버지를 토막 내서 물속에 넣고 삶아버린다. 그러나 메데이아가 건넨 약은 가짜였고, 펠리아스는 어처구니없게도 딸들의 손에 목숨을 잃는다. 죄를 직접 저지르진 않았으나, 치밀한 계략으로 살인을 유도했기에 메데이아와 이아손은 두 아들과 함께 코린토스로 추방된다. 이 사건은 그녀의 악명을 높인 두 번째 사건으로 그리스 사회 전체를 충격과 경악, 공포와 공황에 빠뜨린다.

그리스 비극 작가 에우리피데스는 대표작 〈메데이아〉에서 메데이아의 악녀 이미지를 완성한다. 이 작품은 처음 몇 줄로 이전에 있었던 기나긴 모험을 압축해서 보여준다.

아르고호가 검푸른 쉼플레가데스 바위 사이를 지나 콜키스인의 나라로 달려가지 않았다면, 그리고 펠리온산 골짜기에서 도끼에 넘어진 전나무가 펠리아스를 위해 황금 양모피를 찾으러 간 가장 뛰어난 전사들의 팔을 위해 노恤를 마련해 주지 않았더라면! 그랬다면 우리 메데이아 마님께서는 이아손을 향한 사랑에 눈이 멀어 이올코스 땅의 성채를 찾아가지 않았을 테고, 펠리아스의 딸들을 설득해 그들의 아버지를 죽이게 하지도 않았을 것이며, 남편과 아이들과 함께 지금 이곳 코린토스 땅에서 살지도 않겠지요.(1~11행)

호메로스 이래의 서사 전통에 따라, 에우리피데스는 관객들을 일단 '사건 한가운데'로 끌어들인 후, 코린토스에서 일어난 연쇄 살인 사건에 주목하게 만든다. 사건의 동기는 이아손의 배신이다. 코린토스에 도착한 이아손이 메데이아를 버리고, 코린토스 왕 크레온의 딸 글라우케와 결혼하기로 한 것이다.

남편 이아손의 배반에 분노한 메데이아는 복수를 위해 마법과 계략을 동원해 왕과 공주를 불태워 죽이고, 남편의 아이이자 자신의 아이인 두 아들을 칼로 찔러 살해한 후, 헬리오스의 황금 마차를 타고 코린토스를 탈출해 아테네로 도주한다. 권력도, 아이도 잃고 실의에 빠진 이아손은 오랫동안 넋을 놓고 살다가 썩어 떨어진 아르고호의 고물에 깔려 죽는다. 영웅치고는 한심한 최후를 맞이하는 것이다.

에우리피데스의 손에서 메데이아는 머리는 지나치게 좋고,

고통을 대가로 자유를 선택한 해방의 여신

행동은 너무나 대담하며, 사악한 일에는 더 재주를 발휘하고, 복수를 위해 제 배로 낳은 아이마저 기꺼이 살해하는 반인륜적인 여성으로 확정된다. '사나운 성질과 굽힐 줄 모르는 마음의 무서운 기질'이 넘치고 '간이 크고 달래기 어려운' 여성이자 '적으로 맞서는 자는 누구든 승리의 노래를 부르기가 쉽지 않은 무서운 사람'으로서 그녀는 경악과 공포를 가져오는 마녀, 격정을 억누르지 못하는 야만인, 여자다움을 거부하는 악덕의 화신이 된다.

추방을 통보하려고 메데이아를 찾아온 크레온은 그녀에 대한 두려움을 숨김없이 표출한다. "추방은 그대가 치유할 수 없는 재앙을 딸에게 안겨줄까 두렵기 때문이오. 그런 두려움을 갖게 하는 것이 어디 한두 가지라야지. 그대는 천성이 영리하고 온갖 사악한 일에 능한 데다, 남편에게 버림받았다는 원한까지 품고 있소."(282~286행) 엄청난 능력자인 메데이아는 이처럼 왕마저 두렵게 하는 악녀로 사회 안에 존재해서도, 속해서도 안 되는 '위협적인' 존재다.

그러나 에우리피데스는 메데이아의 진짜 얼굴을 결코 가리지 못한다. 식민 정복자인 이아손에게 끌려온 능력 있는 이방인 여성으로서 그녀는 이아손의 불의한 행동과 코린토스 사회의 야만적 차별에 순응하는 대신 냉정한 비판과 결연한 분노를 드러낸다.

먼저, 그녀는 이방인의 처지를 헤아리지 못하는 그리스인들의 '무감각'을 비판한다.

남의 마음을 속속들이 알기도 전에 당해 보지도 않고 겉만 보고 남을 미워하는 자는 보아도 올바로 판단할 수 없는 법이에요. 이방인은 당연히 나라에 순응해야겠지요. 하지만 무감각하기 때문에 같은 시민들을 제멋대로 못살게 구는 시민도 나는 칭찬할 수 없어요.(219~224행)

코린토스인들은 '남의 마음을 알지 못하는 자', '겉만 보고 남을 미워하는 자'로 '보아도 올바로 판단할 수 없'어서 '같은 시민들을 제멋대로 못살게 구는' 자들이다. 단 몇 줄로 인종주의를 이토록 정확히 꿰뚫는 진술을 만나기는 지금도 쉽지 않다. 이방인에 대한 이유 없는 적대와 차별은 자기 감각을 덕성arete 있게 사용할 수 없는 무능력의 결과다. 한마디로, 모자란 인간들이 약자와 소수자에 대한 차별을 제 능력으로 착각하는 셈이다. 더 나아가 그녀는 가부장제 사회에서 영리하고 능력 있는 여성이 받는 대접, 즉 배제와 추방의 행태를 꿰뚫어 본다.

내 명성 때문에 내가 손해를 보고 크게 낭패 본 것이 이번이 처음이 아니라 벌써 여러 번째예요. 분별 있는 사람이라면 자식을 너무 영리하게 가르쳐서는 안 돼요. 그들은 태만하다는 비난을 듣는 것 말고도, 시민들에게 미움과 시기를 사게 되니까요. 그대가 어리석은 자에게 새로운 지식을 말해 주면, 그대는 쓸모없고 어리석은 사람처럼 보일 거예요. 하지만 많이 안다고 자부하는 사람보다 그대가 더 뛰어나 보이면, 도시는 그대를 미워할 거예요. 내가 지금 그런 운명에 처해 있어요. 나는 영리한 탓에 더러는 시기하고, [더러는 태만하다고 보고, 더러는 그 반대지요.] 더러는 나를 싫어해요.(293~304행)

메데이아는 코린토스 사람들에게 비난과 미움과 시기의 대상이다. 능력은 뛰어나고 머리는 영리하기 때문이다. 아마도 고향 콜키스에서도, 첫 번째 정착지 이올코스에서도 비슷한 대접을 받았을 것이다. 그녀가 '내 명성 때문에 내가 손해를 보고 크게 낭패 본 것이 여러 번'라고 말하는 이유다. 더욱이 오리엔트의 선진 문명 출신인 메데이아는 변방의 그리스인들이 아직 알지 못하는 새로운 지식kaina sophia을 보유하고 있다. 이때의 '새로운 지식'은 '개선된 최신 지식'이라는 뜻을 포함한다. 그 지식은 너무나 효과가 뛰어나 '마법'처럼 느껴질 정도다. '많이 안다고 자부하는' 코린토스인들은 자존심이 상한 탓에 그녀를 인정하고 받아들이기보다 미워하고 배제하며 두려워하는 쪽을 선택한다.

남편과 아이에 대한 사랑은 메데이아가 모든 굴욕을 견디면서 그리스에 붙어 있는 마지막 근거다. 그러나 코린토스인들은 그녀의 아주 작은 행복조차 용납할 수 없다는 듯이 젊은 글라우케를 내세워 이아손을 유혹한다. 그녀의 도움 없이 아무것도 제대로 해낼 수 없는 비열하고 무능력한 식민 영웅 이아손은 제 주제를 모르고 권력과 재산을 위해서 메데이아를 배신한다.

남편의 배신을 전해 들은 메데이아는 처음에는 죽음을 생각한다. "아아, 하늘의 벼락이 내 머리를 뚫고 지나갔으면! 산다는 것이 이제 내게 무슨 소용이란 말인가? 아아, 죽음으로 이 가증스러운 삶을 지워 버리고 떠날 수 있다면 좋으련만!"(143~147행) 메데이아는 사랑에 모든 것을 걸었던 자신의 삶을 '가증스럽다'라고 저주하고, 죽음으로 그 삶을 지워버리기를 바란다. 그녀의 과격한 성미를 아는 코로스chorus가 황급히 말릴 정도다. "그대는 죽음의 종말을 재촉할 셈인가요? 그것만은 간청하지 마세요."(152~154행)

그리스 비극에서 코로스는 시민의 의견을 무대에 전달하기도 하고, 인물의 생각을 시민에게 전하는 역할을 맡기도 한다. 비극이 드러낸 모순과 갈등을 해결하기 위해 양쪽의 의견을 종합하면서 시민 전체가 공유해야 할 공통 감각common sense을 형성하는 것이다. 이 때문에 비극 배우를 히포크리테스hypokrites, 즉 '대담하는 자'라고 불렀다. 비극 배우는 시민의 의문에 대답하는 사람이었다. 자신의 의견을 펼칠 기회가 주어지자 메데이아는 말한다.

> 위대하신 테미스이시여, 존경스러운 아르테미스시여, 강력한 맹세로 몹쓸 남편을 내게 묶었는데 내가 지금 어떤 고통을 당하는지 보세요. 감히 그들이 먼저 내게 부당한 짓을 하다니!(160~163행)

메데이아는 이아손의 배신으로 인한 자신의 고통을 '정의와 정조의 문제'로 다루자고 제안한다. 테미스는 정의의 여신이고, 아르테미스는 순결의 여신인 까닭이다. 테미스는 도리, 즉 사람과 사람이 함께 살면서 마땅히 지켜야 할 규칙을 뜻한다. 메데이아는 이아손의 배반을 사회의 기본 질서가 무너진 사건으로 이해한다.

아울러 이아손은 정결의 의무도 저버렸다. 메데이아가 모든 걸 버리고 남편을 선택했고, 아들을 둘이나 낳는 등 아내의 의무를 다했으며, 고향을 떠났기에 믿고 의지할 데가 남편밖에 없었는데도, 이아손이 감히 그녀를 배신한 것이다. 메데이아는 울부짖는다. "감히 그들이 먼저 내게 부당한 짓을 하다니!" 여기서 더 나아가 그녀는 아버지와 조국을 배신한 일을 후회하고, 남동생을 죽인 일을 수치스러워한다. "아아, 아버지! 아아, 고향 도시여! 수치스럽게도 나는 오라비까시 죽이며 당신들을 배신했나이다."(165~167행) 깊은 절망 속에서 자신의 과거 행적을 철저히 부인하는 것이다.*

이러한 과정을 거쳐 메데이아는 자신의 능력이 닿는 한 가장 치명적인 방식으로 식민주의와 인종주의를 응징하는 피식민 심판자인 동시에 더 평등하고 인간다운 삶을 주창하는 첫 번째 페미니스트 전사로 변신한다. 그 자세한 과정에 대해서는 뒤에서 논하기로 하고, 코린토스 탈출 이후 메데이아의 행적을 마저 쫓아가 보자.

헬리오스의 황금 마차를 타고 아테네로 날아간 메데이아는 아테네 왕 아이게우스를 두 번째 남편으로 맞이한다. 그녀는 불임으로 고민하는 아이게우스를 위해 특별한 비약을 제공하는 대가로 코린토스인의 분노를 피할 도피처를 얻는다. 아이게우스의

---

* "이아손의 배반을 통해 메데이아는 자신이 조국과 민족에게 행했던 배반을 깨닫고 그 배반 이후 자신은 이아손의 도구였으며, 출세의 발판이자 이아손의 후손을 낳아준 암캐였음을 인식한다. 이는 이아손을 만나기 전의 자신의 정체성, 즉 메데이아로서의 정체성을 찾는 과정이기도 하다. (⋯) 메데이아는 자신이 한 살인과 배반, 결혼과 출산 모두가 이아손의 출세를 위한 도구였음을 깨닫는다. 이아손을 만난 후, 메데이아는 그저 이아손의 후손을 낳아 기르는 암캐이자 성적 도구인 창녀의 역할로 전락한 것이며 그녀의 조국과 민족에 대한 이아손의 승리는 결국 자신의 배반이었음을 인식하는 것이다." 김용민, 〈테러리스트 메데아〉, 《유럽사회문화》 제25호, 2020, 16~17쪽.

아들 메도스를 낳은 후에는 메도스를 늙은 아이게우스의 후계자로 올리려고 노력한다. 성공했다면 이혼한 이방인 여성이, 그것도 복수를 위해 자기 아이를 살해한 패륜을 저지른 여성이 그리스 최강국인 아테네 왕의 어머니가 될 뻔한 사건이다.

그러나 아이게우스의 큰아들 테세우스가 아버지를 찾아 아테네로 오면서 그녀의 노력은 물거품으로 변한다. 테세우스는 메데이아에게서 불임 치료제를 얻은 아이게우스가 아테네로 돌아오는 도중 트로이젠의 공주 아에트라를 만나 동침해 얻은 아들이다. 테세우스는 후에 크레타 왕 미노스의 미궁에 들어가서 미노타우로스를 척살할 정도로 용맹과 지혜가 뛰어나고, 헤라클레스나 오이디푸스 등 비운에 빠진 영웅들을 받아들여 죽을 때까지 돌봐줄 만큼 포용력이 넘쳐난다. 아테네 민주주의의 기틀이 그로부터 마련되었다는 전설도 있다. 메데이아는 테세우스를 보자마자 그가 아이게우스의 아들임을 알아보고, 독을 먹여서 죽이려 한다. 그러나 테세우스는 그녀의 음모에서 무사히 빠져나온 후 역공을 펼쳐서 메데이아와 메도스를 아테네에서 추방해버린다.

그리스 땅에서 더는 살 수 없게 된 메데이아는 지친 몸을 이끌고 아들과 함께 고향 콜키스로 돌아간다. 그사이 메데이아의 아버지 아이에테스는 동생 페르세스에게 밀려 왕위에서 쫓겨난 후 궁지에 몰린 상태다. 아버지를 위해 메데이아는 다시 치밀한 계략을 짜서 적들을 무찌르고 아버지에게 나라를 되돌려준다. 아들 메도스는 아이에테스의 뒤를 이어 콜키스 왕에 오른 후, 어머니 이름을 따서 나라 이름을 메디아로 바꾸었다. 흑해 연안의 작은 나라였던 메디아는 나중에 이란, 중앙아시아, 아프가니스탄에 이르는 거대 제국으로 성장했다. 메데이아의 최후는 알려지지 않았다. 속설에 따르면, 메데이아는 죽은 자들이 머무는 행복의 땅 엘리시온(천국)에 들어가서 아킬레우스를 세 번째 남편으로 맞이했다고 한다.

3

메데이아 신화는 2,700여 년 전 그리스 작가 헤시오도스의 《신통기》에 처음으로 기록되었다. 신화 속의 메데이아는 언제 어디에 있든, 누구와 함께하든, 오직 자기 욕망에 솔직했다. 신적 능력과 악마의 지혜를 보유한 그녀의 영혼에서 뿜어나오는 빛은 세상 무엇으로도 빼앗을 수 없었고, 아무에게도 가려지지 않았다.

메데이아는 10대에는 적국의 영웅 이아손과 사랑에 빠져 조국과 아버지를 배반하고 남동생을 찢어 죽였고, 20대에는 능숙

고통을 대가로 자유를 선택한 해방의 여신

한 기만술로 순진한 여성들을 속여서 그 아버지를 토막 내서 솥에 삼도록 했고, 30대에는 자신을 저버린 남편에게 복수하려고 자식을 직접 살해했고, 40대에는 아테네 왕위를 자식에게 넘기고자 음모를 꾀했고, 아테네에서 추방돼 고향으로 돌아간 50대에는 왕위에서 쫓겨난 아버지를 도와 국가를 재건했고, 말년에는 아나톨리아와 메소포타미아 지역의 강국 메디아 제국의 창시자가 되었고, 죽어서는 엘리시온의 지배자가 되어 영원한 행복을 누렸다.

역사상 어떤 여성 영웅도 메데이아처럼 대단한 삶을 살지 못했다. 여성 오디세우스인 그녀는 지중해와 오리엔트 곳곳을 넘나들면서 자기 열망을 실현하려 애쓴 파란만장한 모험가이자, 숱한 고난과 좌절에도 굴하지 않고 자기 행복을 추구하는 투사이며, 가는 곳마다 상상을 초월하는 패륜을 일삼은 '악녀'다. 심지어 죽음마저도 그녀를 방해할 수 없었다. 죽음 너머에서도 그녀는 안식을 취하는 대신 자기실현을 포기하지 않은 것이다.

그러나 에우리피데스의 〈메데이아〉 이후, 그녀는 인류를 알지 못하는 야만적인 이방인 여성의 상징이자 잔혹한 마녀의 대명사로 여겨져 서구 역사에서 내내 끔찍한 두려움과 도덕적 비난의 대상이 되었다. 고모 키르케와 더불어 그녀는 모든 마녀에게 핏줄을 제공했다. 특히, 사랑, 배신, 아이 살해라는 자극적 모티프로 이루어진 코린토스 시절 이야기는, 에우리피데스가 윤곽 지은 이후, 수많은 시인, 작가, 음악가, 화가 등의 영혼을 매혹했다. 예술가들은 메데이아를 혐오하면서도 그녀의 매력에서 벗어나지 못했다.

메데이아의 매력은 그 성격의 복합성에서 나온다. 그녀는 뛰어난 능력과 진취적, 적극적 성격을 함께 갖춘 여성 영웅으로 여성해방의 상징인 동시에, 남편의 배신으로 생긴 가족 질서의 위기를 본인이 주체가 되어 심판하여 해결하는 가족의 수호자다. 여기에 더해 그녀는 제국주의와 인종주의의 피해자로서 서구 사회의 배타성과 야만성을 드러내는 이방인 타자이고, 복수의 의미와 폭력의 정당성을 깊게 성찰하는 철학자이기도 하다. 이러한 중층적 성격 덕에 메데이아 이야기에는 언어의 붓질이 아직 가닿지 못한 수많은 구멍이 생겨나고, 이야기 벽에 생겨난 그 공백들은 예술가를 자극해 상상의 말들을 무한히 자유롭게 풀어놓는다.

냉정과 열정 사이를 오르내리는 메데이아의 감정선은 인물의 복합성을 증진한다. 능력 있고 지적인 여성인 그녀는 훼손당한 자존감을 되찾기 위해 치밀하게 복수를 계획하고 이를 한치도 어긋나지 않게 실행하는 차가운 이성의 존재다. 그러나 동시에 그녀는 사랑에 빠져 아버지를 배신하고 남동생을 살해하며 분노에 사로잡혀 인륜을 저버리는 뜨거운 격정의 주체로 나타나기도 한다.

〈메데이아〉에서 비열한 남편 이아손과 누가 상대를 더 사랑했는가를 다투는 장면, 여자가 똑똑하면 어떤 불이익이 찾아오는지를 논하는 장면, 여자가 남자보다 얼마나 불행한지를 따지는 장면, 자기 범죄 혐의를 두고 이아손과 교대로 변론하는 장면 등에서 그녀는 단단하고 정연한 논리를 펼쳐낸다. 남성에 매이지 않고 자기 운명을 스스로 결정하는 주체적 여성다운 강력한 연설들이다. 그러나 작가이자 영화감독으로 영화 〈메데아〉를 연출하기도 한 피에르 파올로 파졸리니의 표현대로, 그녀는 '사랑의 무절제'에 자주 사로잡힌다. 남편의 배신을 알고 복수를 떠올리며 울부짖는 장면, 두 아이를 품에 안고 몇 번이고 갈등하는 장면 등에서 그녀는 불같은 감정의 격류를 기꺼이 쏟아낸다.

이처럼 언어의 저울추가 어디에 올려지는지에 따라 이야기 구조가 확연히 달라진다. 격정과 이성의 배분 정도에 따라 전혀 다른 메데이아가 나타나고, 그 덕분에 우리는 무한히 다양한 메데이아를 만나게 된다. 어떤 예술가도 메데이아의 유혹을 이길 수 없었다. 아직 자신한테 할 말이 더 남았다는 듯, 메데이아는 현재까지 300편 넘는 작품에 등장해 자기 삶을 한없이 고쳐 쓰고 있다.

문학에서는 에우리피데스 이후 오비디우스, 세네카, 피에르 코르네유, 프란츠 그릴파르처, 한스 헨니 얀, 하이너 뮐러, 크리스타 볼프 등이 메데이아 이야기에 도전했고, 음악에서는 마르크 앙투안 샤르팡티에, 루이지 케루비니, 파스칼 뒤사팽 등이 메데이아 이야기를 오페라로 만들었으며, 미술에서는 외젠 들라크루아를 비롯해 에버린 드 모르간, 앤서니 샌디스, 존 윌리엄 워터하우스 등이 메데이아의 모습을 화폭에 담았다.

메데이아의 억울함은 '이해받지 못한 자의 슬픔'이다. 사실, 모든 메데이아 이야기는 '이해할 수 없음'의 드라마다. 심지어 메데이아의 이미지를 패륜적 존재로 고정하는 데 이바지한 에우리피데스조차도 마지막에는 탄식하듯 말한다. "신들께서는 많은 것을 예상과 다르게 이루시지요. 우리가 바라던 것이 이루어지지 않는가 하면, 바라지도 않았던 것을 위해 신께서는 길을 찾아내시지요. 여기 이 사건도 그렇게 일어났어요."(1,416~1,419행)

그녀의 행태는 언제나 '예상과 다르게'였다. 메데이아는 서스펜스의 문법을 자기 삶으로 실현한다. 남편에게 복수하려고 자신의 두 아이를 살해하는 과감한 잔혹함도 사람들 예상을 벗어났고, 살인을 저지른 후 후회와 반성은커녕 이아손과 대화를 주고받으며 그를 정신적 파멸로까지 몰아붙이는 뛰어난 변론술도 사람들 예상을 벗어났으며, 무엇보다 추악한 범죄를 저지른 그녀를 신들이 처벌하지 않고 구원한다는 점도 사람들 예상을 벗어났다.

고통을 대가로 자유를 선택한 해방의 여신

가부장제 사회에서 능력 있는 여성이 사람들의 이해를 얻은 역사는 드물다. 그러나 냉정히 말하면 이해할 수 없는 것은 메데이아가 아니라 아름답고 능력 있고 헌신적인 아내를 버리고 출세를 위해 글라우케를 선택하는 이아손이다. 또한 어떤 처지에 있든지 간에 자신이 원하는 바를 얻어내고 자아를 실현할 힘을 갖춘 이방인 여성을 두려워하고 배척하는 그리스 사회의 야만적 편견이다.

이해할 수 없는 '위험한 메데이아'를 이해할 수 있는 '온순한 메데이아'로 되돌리기 위해 후대 예술가들은 무진장 애썼다. 세네카나 그릴파르처처럼 메데이아를 도덕적으로 비난할 이유를 그녀의 내외부에서 보충하든, 밀러나 볼프처럼 에우리피데스와 전혀 다른 이야기*를 만들어 메데이아를 옹호할 근거를 마련하

* 하이너 뮐러는 메데이아 이야기를 자연에 대한 인간의 착취, 여성에 대한 남성의 착취, 피식민자에 대한 제국주의자의 착취가 시작되는 원형 이야기로 고쳐 쓰면서, 이를 서구 문명이 마침내 쓰레기만 남긴 채 생태적 종언을 고하는 아포칼립스 세계로 옮겨놓는다. 희망은 피식민 여성의 반란이다. 크리스타 볼프는 메데이아가 남동생을 살해하고, 두 아이를 살해한 잔혹한 인물이라는 점을 아예 부인한다. 그녀는 사랑 때문에 아버지를 배신하고, 친동생을 살해하며, 남편에 대한 복수로 연적을 독살하고 자기 자식마저 죽이는 '잔인한 메데이아' 이미지가 후세에 조작되었다고 주장한다. 남동생 압시르토스를 살해한 사람은 권력을 유지하려 애쓰던 그녀의 아버지 아이에테스고, 아이들을 살해한 범인은 광기를 이기지 못하고 희생양을 찾아 헤맸던 코린토스 사람들이라는 것이다.

든, 모든 작품의 한복판에는 다음과 같은 질문이 있다. 복수를 위해서 순진무구한 아이들을 희생하는 것은 정당한가? 인간은 도대체 어느 정도 화가 나야 죄 없는 아이를 복수 도구로 삼을 수 있는가? 메데이아의 격정이 얼마나 정당하기에 신은 그녀를 처벌하기는커녕 구원의 황금 마차를 보내는가?

21

메데이아의 살인은 세 가지를 동시에 파괴한다. 첫째, 메데이아는 이아손을 정신적으로 파멸시키고 그를 무력화하여 식민주의 시대의 종말을 선포한다. 둘째, 메데이아는 크레온 왕과 글라우케 공주를 살해하여 이방인 여성을 환대하기는커녕 그녀를 두려워하고 배척하면서 추방하려 애쓰는 인종주의를 파탄시킨다. 부정의에 항거해 무장 투쟁에 나선 여성 테러리스트 메데이아는 누구나 이해하기 쉽다. 그러나 에우리피데스가 처음 구체화한 사건, 즉 '두 아이를 살해하는 패륜녀' 이미지는 이성의 영역을 벗어난다. 무차별적·무조건적 사랑의 존재인 어머니, 즉 '모성의 신성함'을 한순간에 허물어뜨리기 때문이다.

이미 잘 알려져 있듯, 자기희생적 모성이라는 가부장제 신화

고통을 대가로 자유를 선택한 해방의 여신

는 허구에 지나지 않는다. 세라 블래퍼 허디의 《어머니의 탄생》*
에 따르면, 평생 단 한 번만 생식하는 거미는 새끼에게 전적으로
헌신하지만, 출산 기회를 여러 번 얻는 포유류는 무조건적인 자
기희생을 하지 않는다. 이들은 다양한 번식 조건을 따지면서 주
도면밀하게 가정을 운영하는 치밀한 전략가에 가깝다. 어머니는
더 나은 번식 기회를 잡기 위해 현재의 아이를 과감히 포기할 수
도 있고, 한정된 자원을 몇몇 자녀에게 집중 투자해 생존 확률을
높일 수도 있다. 모든 어머니는 지위를 추구한다. 지위는 "어미가
다른 암컷이 자기 아기를 잡아먹지 못하게 막거나 자기 자손에게
필요한 자원을 독점하지 못하게 막는 기능을 수행"하기 때문이
다. '희생'이 아니라 '야망'이 어머니의 생물학적 조건이다. "'야
망'은 생존하여 번영하는 자손을 낳기 위한 필수적 요소이다."**

　　그러나 어머니가 남편에게 복수하기 위해서 자기 자식을 죽
이는 일은 인간 사회에서 결코 흔한 일이 아니다. 일어나기 힘든
일을 일어날 법한 일로 바꾸기 위해 에우리피데스는 좌절하고 절
망하고 후회하는 메데이아가 세 남자를 만나 차례로 대화하게 만
들어 복수 감정을 더욱더 심화하는 동시에 복수를 위한 현실적

　　* 　세라 블래퍼 허디, 《어머니의 탄생》, 황희선 옮김, 사이언스북스,
2010.

　　** 　세라 블래퍼 하디, 앞의 책, 191쪽.

수단을 확보하게 만든다. 세 남자는 코린토스 왕 크레온, 남편 이아손, 아테네 왕 아이게우스다.

　메데이아는 먼저 가부장제 사회에서 여자들의 세상살이가 얼마나 어려운지를 토로한다.

　　생명과 분별력을 가진 만물 중에 우리 여자들이 가장 비참한 존재예요. 첫째, 우리는 거금을 주고 남편을 사서 우리 자신의 상전으로 모셔야 해요. 이 가운데 두 번째 불행이 첫 번째 불행보다 더 비참해요. 다음, 가장 중요한 문제는 우리가 얻는 남자가 훌륭하냐 나쁘냐 하는 거예요. 헤어진다는 것은 여자들에게 불명예스럽고, 남편을 거절하기도 불가능하니까요. 새로운 관습과 규범 속에 뛰어든 여자는 집에서 배운 적이 없으니, 어떻게 해야 남편을 가장 잘 다룰지에 관해 점쟁이가 되지 않으면 안 돼요. 우리가 그런 일을 잘해 내어 남편이 우리와 함께 살며 싫은 기색 없이 결혼의 멍에를 짊어진다면 행복한 인생이라고들 하지요. 그렇지 않다면 우리는 죽는 편이 더 나아요.(230~244행)

　여자로 살기는 남자보다 훨씬 어렵다. 막대한 지참금을 들여 남편을 사는데도(메데이아는 특히 엄청난 대가를 치렀다), 남편을 상전으로 모셔야 하는 적반하장이 벌어진다. 게다가 남편이 좋은 사람인지 나쁜 사람인지도 알 수 없는데, 이아손처럼 뻔뻔한 악당으로 밝혀질지라도 '반품'조차 못 한다. 이혼에 따른 불명예를 여성이 전부 뒤집어쓰기 때문이다(당시 사회는 명예를 잃으면 모든 것을 잃는 사회였다). 더욱이 여성은 익숙한 집을 떠나 낯선 관습과 규범에 적응하면서 행동할 때마다 극히 조심스레 옳고 그름을 따지며 살아야 한다(메데이아는 머나먼 외국으로 건너왔기에 그 격차가 무척 심했다). 모든 일을 다 잘 해내더라도, 남편이 좋은 아내를 만난 행운을 나누는 대신 딴눈을 팔 수도 있다. 2,500여 년 전 그리스와 현대의 한국은 부끄럽게도 별달리 변한 게 없다. 게다가 남자들은 틈만 나면 여자들보다 자신들이 더 힘들다고 투덜댄다.

그들은 말하지요. 우리는 집에서 안전하게 살지만 자기들은 창을 들고 싸운다고. 바보 같으니라고! 나는 아이를 한 번 낳느니 차라리 세 번 싸움터로 뛰어들겠어요. (248~251행)

군대와 출산의 대립은 이때부터 있었다. 무엇이 더 큰 고통인지 무게 다는 일은 어리석다. 적절한 배려와 균형이 필요한 일이다. 어느 하나라도 없으면 사회는 존속하지 못한다. 상대방 역할에 대한 깊은 존중과 꾸준한 대화만이 문제 해결의 유일한 길이다. 그 길이 끊어지면 갈등과 파국이 시작된다. 메데이아는 관객들에게 "여자란 다른 일에는 겁이 많고, 싸울 용기가 없고, 칼을 보기를 무서워하지만, 일단 결혼의 권리를 침해당하면, 그 어떤 마음도 더 탐욕스럽게 피를 갈망하지는 않을 거예요"(263~266행)라고 경고한다. 메데이아의 분노를 가라앉히려 애쓰던 코로스조차도 이에 공감한다.

그럴 거요. 그대가 남편에게 복수하는 것은 정당하니까요, 메데이아. 그런 일을 당하고 슬퍼하는 것은 놀랄 일이 아니에요.(267~268행)

사회를 유지하는 윤리는 상호 환대에 바탕을 두고 성립된다. 사람 사이에서 우애philia의 신실함이 증발하면, 사랑은 곧바로 분노thymos를 일으키고 피를 갈망하는 증오로 전환된다. 도리를 지키지 않는 자의 불의는 심판되어야 하기에 메데이아가 '남편에게 복수하는' 심판은 그 정당성을 얻는다. 코로스는 슬픔을 충분히 토로하고 저주를 퍼붓는 수준에서 그치기를 바라지만, 연이어 찾아온 세 남자와의 대화에서 메데이아는 복수의 내용을 확정하고, 이를 실현할 수단을 획득하며, 이를 대담하게 실행에 옮긴다.*

먼저, 메데이아는 크레온과 대화하면서 그가 자신을 '즉시'

* 아래의 내용은 강대진, 《비극의 비밀》, 문학동네, 2013, 271~291쪽을 참고했다.

고통을 대가로 자유를 선택한 해방의 여신

추방하려는 이유가 자식에 대한 지극한 사랑에서 연유했다는 사실을 깨닫는다. "추방은 그대가 치유할 수 없는 재앙을 내 딸에게 안겨 줄까 두렵기 때문이오."(282~284행) 그러나 사랑은 언제나 미망이다. 우리는 사랑하기에 실수하는 것이다. 크레온도 마찬가지다. 메데이아는 "오늘 하루만 이곳에 머물며 내가 우리 피난처와 내 자식들의 생계에 관해 생각할 수 있게 해주세요"(340~341행)라고 호소하며 복수의 시간을 번다. 자식들 생계를 핑계 삼아 크레온의 동정심을 사려는 것이다. 크레온은 파멸을 예감하면서도 마음이 흔들려 그녀의 청을 들어준다. "내가 폭군의 기질을 전혀 타고나지 못해 남을 봐주다가 일을 그르친 적이 한두 번이 아니었소. 이번에도 잘못하는 줄 알면서 내 그대의 청을 들어주겠소, 여인이여!"(348~351행)

복수를 실행할 시간을 벌자, 메데이아는 머리를 굴리면서 계획을 짜기 시작한다. "어떤 이익이나 계략을 위한 것도 아니면서 저 사람에게 내가 아첨을 떨었을 거라고 그대는 생각하나요? (…) 나는 그동안 내 세 원수를, 아버지와 딸(크레온과 그의 딸을 말한다)과 내 남편을 시신으로 만들고 말 거예요. 그들을 죽일 방법은 너무나 많아, 어느 방법을 먼저 써야 할지 모를 지경이에요."(368~377행) 그녀의 복수 계획이 처음부터 자식을 향한 것은 아니었다. 메데이아는 세 사람을 깔끔하게 살해하고, 적들의 손에 잡혀서 웃음거리가 되지 않도록 자신의 안전을 도모할 방법을 궁리한다.

다음에 찾아온 남자는 남편 이아손이다. 이아손은 '격렬한 분노가 구제할 수 없는 악'이라면서 뻔뻔하게도 사태의 책임을 고분고분하지 않은 메데이아의 기질 탓으로 떠넘긴다. 이아손은 자신은 가족에게 등 돌리지 않았다면서 '당신이 아이들과 함께 아무 재산도 없이 떠나가지 않도록' 찾아왔다고 이야기한다. 아내에 대한 걱정은 물론이고 아이들에 대한 염려도 전혀 없다. 아이들이 살해당한 후 이아손이 느끼는 비통함은 그야말로 위선에 불과하다. 메데이아는 사랑을 말하는데, 이아손은 돈으로 갚을 수 있다고 생각한다. 이아손의 파렴치함은 메데이아의 분노를 부추긴다. 그녀는 파렴치함이 '인간의 모든 결함 중에서도 가장 중대한 결함'이라면서 이아손을 비판하고, 자신이 그를 위해 모든 것을 희생했고 두 아이까지 낳아서 의무를 다했다는 점을 환기한다. 궁지에 몰린 이아손은 놀라운 핑계를 댄다.

당신이 나를 구해 준 대가로, 준 것보다 받은 것이 더 많다는 것을 당신에게 보여주겠소. 첫째, 당신은 야만의 나라에 사는 대신 헬라스 땅에서 살고 있고, 정의를 배웠으며, 폭력을 멀리하고 법을 사용하는 것을 배웠소. 다음, 온 헬라스인이 당신이 영리하다는 것을

알게 되었고, 당신은 명성을 얻었소.(534~540행)

　식민지 착취를 일삼는 식민주의자들이 흔히 내놓는 '식민지 문명화론'과 전혀 다를 바 없다. 이아손이 최초의 식민주의 영웅으로 불리는 이유일 것이다. 강제로 아내가 되어 노예처럼 끌려온* 대가로 문명의 혜택을 누리면서 살고 현명하다는 명성까지 얻었으니 만족하라니, 이는 언어도단의 변명에 불과하다. 더욱이 그녀는 '명성'의 대가로 추방당할 위기에 놓이지 않았는가. 헬라스의 정의와 법은 메데이아의 가슴을 찢어놓을 때만 작동하고, 반대로 메데이아의 권리를 보호하는 데에는 전혀 작동하지 않는다. 무엇이 문명이고, 어떤 것이 야만인가.

　메데이아의 매서운 추궁을 견디다 못한 이아손은 결국 자신의 속내를 내비친다. "나는 자식을 내 가문에 어울리게 양육하고, 당신에게서 태어난 자식에게 형제를 붙여 주고, 그들을 모두 동등한 지위에 올려 놓고, 그들 모두를 한 씨족으로 묶음으로써 행복해지고 싶었소."(562~565행) 이아손의 목적은 결국 돈이다. 두 아이에게 신분 높은 형제를 낳아주어 그들이 신분에 걸맞은 부를

　*　메데이아는 "나는 외톨이로 고향 도시도 없고 이민족의 나라에서 납치되어 와 남편에게 수모를 당하고 있어요"(254~256행)라고 말한다. 어쩌면 사랑보다 이쪽이 진실에 더 부합할지도 모른다.

누리면서 함께 행복해지기를 바랐기에 글라우케와 결혼한다는 것이다. "가난한 사람은 친구들도 모두 외면한다"(560~561행)라는 이아손의 말은 추방자로서 그의 삶이 얼마나 곤궁했는지를 암시한다. 메데이아만 눈감아주면 모든 일이 잘 풀릴 텐데 왜 사달을 일으키느냐는 뜻이다.

메데이아의 대답은 한마디로 압축된다. "고통만 안겨 줄 뿐인 행복한 생활과, 마음을 갉아먹는 부富는 내게 필요 없어요."(598~599행) 하지만 왕권을 회복하고 가문을 일으키는 데 온 신경이 쏠린 이아손은 메데이아가 자신의 권력욕과 출세욕 때문에 고통받는다는 사실은 안중에도 없다. 그는 혼잣말처럼 한탄을 쏟아낸다. "사람들이 다른 방법으로 자식을 낳고, 여자 같은 것은 없어져 버렸으면 좋으련만! 그러면 인간들에게도 불행이란 것이 없어질 텐데!"(573~575행)

이아손은 자신도 모르게 그가 가장 소중히 여기는 보물이 아이라는 사실을 털어놓은 셈이고, 메데이아는 그 순간 남자들이 정말로 바라는 것은 여자(사랑)가 아니라 대를 이을 자식(가문)이라는 점을 눈치챘다. 사랑의 희망을 상실한 메데이아는 한 푼의 돈마저 거부한 채 그의 새 결혼식이 '두고두고 후회할 결혼'이 되게 하겠다고 저주를 퍼붓는다.

망연자실한 채 복수를 궁리하던 메데이아에게 활로를 열어

고통을 대가로 자유를 선택한 해방의 여신

준 사람은 세 번째 남자인 아테네 왕 아이게우스이다. 두 차례 결혼에도 아이가 없어서 고민하던 아이게우스는 델포이 신전에서 "선조들의 화로로 돌아가기 전에는 (…) 가죽 부대의 툭 튀어나온 발을 풀지 말라"(679~681행)는 모호한 신탁을 받고 지혜를 빌리고자 메데이아를 찾아온다.

메데이아는 '무자식의 처지에서 벗어나도록, 자식들을 낳게 해주는 약'을 만들어주는 대신 자신이 아테네를 찾아가면 안전하게 보호해달라고 말하고, 아이게우스는 기쁨에 차서 메데이아가 아테네에 온다면 그녀를 맞아들여 내쫓지 않을 뿐 아니라 그녀의 적들이 데려가려 해도 이를 허용하지 않을 것이라고 맹세한다. 의지할 곳 없던 이방인 여성 메데이아는 안전한 도피처를 확보한 후 본격적으로 복수에 나선다.

메데이아는 크레온, 이아손, 아이게우스 등 남자들의 관심은 자식뿐이라는 사실을 깨닫는다. 그러면서 이아손에 대한 궁극의 복수가 무엇인지도 선명히 알게 된다. 자식이다. 자신을 배신한 이아손을 가장 비참하게 하는 방법은 그의 목숨이 아니라 그의 자손을 남김없이 제거해 대를 끊어버리는 것이다.

나는 내 자식들을 죽일 거예요. 그 애들을 구해 줄 사람은 아무도 없어요. 나는 이아손의 집을 송두리째 허물 것이며, 가장 끔찍한 짓

을 저지르고 나서 사랑하는 자식들을 죽인 죄를 피해 이 나라를 떠날 거예요.(792~796행)

이아손과 거짓으로 화해한 척한 후, 아이들 손에 독 묻은 옷과 황금 머리띠를 선물로 들려 보내 글라우케를 살해하고 크레온 왕마저 죽이는 것은 어려운 일이 아니다. 그녀의 새로운 지식은 좋은 독을 만들기에 충분하고, 그녀의 영리한 머리는 뛰어난 계책을 세우는 데 아무런 문제가 없다. 그러나 메데이아의 진짜 문제는 복수 대상인 이아손의 아이가 자신의 아이이기도 한 점에 있다. 이로부터 극심한 내적 갈등이 시작된다.

아아! 어떡하지? 애들의 반짝이는 눈을 보니 도무지 용기가 나지 않아요, 여인들이여. 차마 못 하겠어. (…) 왜 애들의 불행으로 애들 아버지에게 고통을 주려다가 나 스스로 두 배의 고통을 당하는 거야?(1,042~1,047행)

메데이아는 악한 사람이 아니다. 그녀는 '애들의 반짝이는 눈'을 보고 연민에 사로잡혀 용기를 잃어버린다. 악행 앞에서 갈등을 느끼는 존재는 악하지 않다. 그러나 남편에게 '가장 따끔한 맛'을 보여주기 위해 그녀는 '가장 불행한 여인'이 될 수밖에 없다. 복수는 그녀를 파멸로 몰아넣을 것이고, 그녀는 자식들을 잃은 고통에 자식을 죽인 죄책감이 더해지는 두 배의 고통을 당할 것이다. 그 후에 그녀는 영영 평화를 잃은 채 세상을 떠돌 것이다. 그러나 메데이아는 후회보다 더욱더 격렬한 분노에 사로잡혀서 고백한다.

내가 뭐 잘못된 것 아니야? 원수들을 응징하지 않고 내버려 둠으로써 웃음거리가 되겠다고? 해치워야지! 부드러운 말에 마음이 솔깃해지다니 나야말로 얼마나 비겁한가!(1,049~1,052행)

남편에 대한 가장 큰 복수를 결행하지 않고 내면의 부드러운 목소리에 설득당해 비겁하게 물러선다면, 사람들은 그녀를 비웃을 것이다. 메데이아의 분노는 명예를 무엇보다 소중히 여기는 여성 영웅의 정체성 속에서 그 정당성을 얻는다. 일찍이 《일리아스》에서 아킬레우스가 보여준 것처럼 그녀는 명예를 훼손하는 일이 벌어지면 목숨을 잃더라도 절대 양보하지 않는다. 모순과 갈등, 숙고와 번민의 시간을 보내면서 마침내 그녀는 전통적 여인상과 가장 극단적인 방식으로 결별한다.

내가 얼마나 끔찍한 짓을 저지르려는지 나는 잘 알아. 하지만 내

격분이 내 이성보다 더 강력하니, 격분이야말로 인산에게 가장 큰 새
앙을 안겨 주는 법.(1,078~1,080행)

메데이아의 자식 살해는 우발적 충동이나 무분별한 광기 때
문도, 자신이 선한 일을 한다는 미망 때문도 아니다. 그녀는 자신
이 악행을 저지른다는 사실을 분명히 깨닫고 있으며, 그 결과가
그녀 삶에 오랫동안 괴로워할 미래를 낳으리라는 사실도 안다.
"제 혈육에게 저지르는 범행은 지상의 인간들에게 가혹한 벌을
가져다주는 법. 제 혈육을 살해한 자들에게 걸맞은 재앙이 신들
에 의해 그들의 집에 떨어진다네."(1,267~1,270행)

메데이아의 자기 인식은 무척 중요하다. 그녀는 뼛속까지 악
에 물든 마녀가 아니다. 그녀는 복수의 즐거움에 중독되지 않았
다. 그녀는 기뻐하기 위해서 복수하지 않는다. 심지어 복수 대상
인 이아손보다 두 배 더 괴로울 것이라는 점을 알고서도 복수를
행한다. 복수를 통해서 그녀는 달콤한 기쁨을 얻는 대신에 쓰디
쓴 저주를 얻을 것이다. 메데이아는 이를 피할 수 없다는 것을 충
분히 알고 있다.

그러나 메데이아는 격분에서 빠져나올 생각이 전혀 없다.
"당신이 결혼을 배신하고 나를 조롱거리로 삼으며 행복하게 살
아간다는 것은 안 될 일이에요."(1,354~1,355)행 그녀는 가슴에서

소용돌이치는 분노에 주목하고, 대가 끊긴 이아손이 당할 심리적인 고통에 온통 정신이 쏠려 있다. 그녀를 응징하려고 찾아온 이아손이 아이들을 왜 죽였느냐고 질책하자, 메데이아는 헬리오스의 황금 마차에 올라탄 채 서슴없이 답한다. "당신에게 고통을 주기 위해서."(1,399행)

메데이아를 잃은 이아손은 무능력하다. 평생 후회와 자책에 시달리다가 영웅성을 모조리 상실한 채 거품처럼 스러진다. "당신은 당연한 응보로, 아르고호의 파편에 머리가 박살나 악인답게 비참한 죽음을 맞게 될 거예요."(1,385~1,387행)

5

메데이아는 스스로 자유를 행사해서 감히 자식을 살해한다. 그녀는 자신을 핍박한 크레온 왕과 글라우케 공주를 독살할 만큼 용감하고, 자신을 배반한 남편에게 가장 큰 고통을 선사하기 위해 자기 아이를 살해할 정도로 냉정하며, 최후의 순간에 적들에게 붙잡혀 조롱거리가 되지 않도록 미리 하늘을 나는 황금 마차를 준비하고 아테네에 도피처를 마련해둘 만큼 치밀하다. 능력과 용기, 지혜와 꼼꼼함, 계획력과 행동력을 골고루 갖춘 그녀를 극단의 패륜으로 돌아간 것은 무엇인가.

메데이아는 가부장제 사회에 이방인 여성으로 끌려와 이중 차별을 당하는 부당한 현실을 살았다. 단 하루라는 짧은 시간 안에 그녀가 죄를 저지르지 않고 정의를 실현할 방법은 마땅치 않았다. 뒤틀릴 대로 뒤틀린 사회에서 정의는 '착하게만' 실현되지 않는다. 메데이아는 '나쁜 것'(자식을 살해하는 것)과 '더 나쁜 것'(이아손에게 복수하지 못하는 것) 사이에서 어떻게든 선택할 수밖에 없는 상황에 내몰렸고, 그 결과 자식 살해라는 극단적 테러를 선택했다.

메데이아에게는 이아손에게 복수하지 못했을 때 오는 고통이 너무도 커 보였다. 이아손에게 복수하지 못하면 영영 그의 노예 상태에서 벗어날 수 없기 때문이다. 메데이아는 관계를 남김없이 끊어버리고 스스로 해방된 여성이 되기 위해 자식을 죽여 평생 괴로워하는 삶을 선택한다. 자유의 결과는 쾌락이 아닌 고통이다. 괴로움 없는 자유는 존재하지 않는다. 괴로움을 대가로 받는다는 사실을 알면서 그 일을 행하면 영웅이 된다. 반면에 괴로움이라는 대가가 무서워서 그 일을 안 하면 아무것도 아닌 자로 전락한다. 메데이아의 자식 살해는 결국 도덕의 문제가 아니라 자유와 고통의 문제다. 그녀는 가부장제 사회에서 노예처럼 살아가는 여성이기를 거부한, 괴로움을 짊어지고 자유를 움켜쥐는 길을 선택한 여성 영웅이다.

메데이아는 남성의 배신에 따른 분노와 고통을 숨김없이 드러내는 인간적 솔직함, 복수를 실현할 수 있는 위험한 능력, 격정에 사로잡혀 있으면서도 이성과 분노를 무게 달 줄 아는 고도의 자제력과 지성을 가졌다. 그녀는 악녀가 아니다. 자식 살해라는 사건을 통해 여성을 한낱 수단으로 대하는 그리스 사회의 부정의를 심판한 판관이자, 고통을 기꺼이 대가로 치르면서 자유를 얻은 해방의 여신이다.

정의의 신 제우스조차 그녀의 선택을 인정할 수밖에 없었다. "바라지도 않던 것을 위해 신께서는 길을 찾아내시지요. 여기 이 사건도 그렇게 일어났어요."(1,418~1,419행) 신은 고뇌를 통해서 우리에게 지혜를 내린다. 메데이아의 자식 살해는 가부장제 세상을 살아가는 오늘의 우리에게 여전히 고뇌를 선사한다. 우리는 아직 그 안에 담긴 지혜를 충분히 해독하지 못했고, 또 다른 메데이아가 격분하지 않게 할 만큼 세상을 바꾸지도 못했다.

여자를 포용하는 걸작들

1판 1쇄 발행   2023년 2월 20일

지은이   한승혜 박정훈 김용언 심진경 이라영 조이한 정희진 장은수
펴낸곳   (주)문예출판사
펴낸이   전준배

편집   박해민 백수미 이효미
디자인   최혜진
영업·마케팅   하지승
경영관리   강단아 김영순

출판등록   2004.02.12. 제 2013 - 000360호 (1966.12.2. 제 1 - 134호)
주소   04001 서울시 마포구 월드컵북로 21
전화   393 - 5681
팩스   393 - 5685
홈페이지   www.moonye.com
블로그   blog.naver.com / imoonye
페이스북   www.facebook.com / moonyepublishing
이메일   info@moonye.com
ISBN   978-89-310-2306-0 03800